让日常阅读成为砍向我们内心冰封大海的斧头。

道德故事集

MORAL
TALES

J.M. Coetzee

［南非］J.M. 库切 著
远子 译

四川文艺出版社

目录

{1}	狗 | *The Dog*	*1*
{2}	故事 | *Story*	*11*
{3}	虚荣 | *Vanity*	*27*
{4}	女人渐老时 | *As a Woman Grows Older*	*39*
{5}	老妇人与猫 | *The Old Woman and the Cats*	*83*
{6}	谎言 | *Lies*	*121*
{7}	玻璃屠宰场 | *The Glass Abattoir*	*135*

The Dog

狗

*2017*年

{ 1 }

Moral Tales

J.M. Coetzee

大门的牌子上写着家有恶犬[1]，那条狗确实很凶[2]。每次她一经过，他[3]就猛扑到大门上狂吠不止，渴望逮住她，将她撕成碎片。他是条看门狗，表情严肃，是某种德国牧羊犬或罗威纳犬（她对狗的品种所知甚少）。从他那黄色的眼睛中，她感到一种最纯粹的仇恨之光在朝她闪耀。

随后，当她走过那座有恶犬[4]的房子，她便开始反思那种仇恨。她知道这一行为并非针对她个人：不管谁靠近那道大门，无论是走过还是骑车经过，都会有这种待遇。不过，这种仇恨的感觉有多深？是否如电流一

---

1 原文为法语。——译者注，下同。
2 原文为法语。
3 原文指称动物会混合使用 it、he、she 等人称代词，本书译文皆遵从原文译出。
4 原文为法语。

般，目标一出现就合闸，目标在转角处消失就拉闸？当那条狗再次独处时，那阵阵仇恨是否仍在令他颤抖，还是说狂怒会突然减退，而他恢复平静？

每个工作日，她都要骑着自行车两次经过那座房子，一次是去医院上班的路上，另一次则是值班结束后回家的路上。她的出现太有规律了，以至于那条狗都知道什么时候等她：甚至她没有现身，他就已经来到大门口，急切地喘着气。那座房子建在斜坡上，早上她要爬坡，只能缓慢通行；晚上，谢天谢地，她可以飞驰而过。

她或许不懂狗的品种，但她很清楚这条狗从和她每次相遇中得到的满足。那是一种支配她的满足，一种被人畏惧的满足。

那是条公狗，就她所见，未被去势。那么，他是否知道她是女性，在他眼中，人是否必然归属于两种性别之一，正如狗分公母；进一步讲，他是否能够同时感到两种满足：一种动物对另一种动物的支配，雄性对雌性的支配——对此，她一无所知。

那条狗是如何看穿她冷漠的面具，得知她心里是惧怕他的呢？答案是：因为她发出了恐惧的气味，因为她无法隐藏这股气味。狗一扑向她，她便感到脊背发凉，一阵气味，一阵狗能立即识别出的气味就此脱离她的皮肤。大门外的生物发出的这股恐惧的气味，令他陷入盛怒的狂喜之中。

她害怕他，而他深知这一点。所以这件事他一天可以盼望两次：这个生物经过他，惧怕他，且无法掩饰自己的恐惧，散发出一股恐惧的气味，犹如母狗散发着臊气。

她读过奥古斯丁[1]。奥古斯丁说,我们是堕落的生物,最明显的证据是我们无法控制自己身体的运动,具体来说,就是男人无法控制其阳具的勃起。那个器官表现得好像有它的意志,或者说更像是受到外在意志的操控。

她想着奥古斯丁,来到斜坡下的那座房子,那座有狗的房子。这一次她能控制自己吗?她能否拥有足够多的意志力来避免自己发出那丢人的恐惧气味?但每回她听见发自那条狗的喉咙深处的、可能意味着狂怒也可能代表性欲的咆哮,每回她意识到他的身体砰的一声落到大门上,她就得知了答案:今天不能。

---

[1] 奥古斯丁(Augustinus,354—430),古罗马帝国时期的天主教思想家、神学家。此处的论述出自他的自传《忏悔录》。

那条恶犬[1]被关在只长着杂草的院子里。一天,她停下自行车,将车靠在房子的外墙上,敲过大门后,她等了又等,离她几米远的狗先是后退,接着又猛扑到栅栏上。此时是早上八点,不是一个正常的拜访时间。不过,大门终于还是开了一条缝。在昏暗的光中,她认清了一张脸,一张老妇人的脸,面容憔悴,顶着一头稀疏、灰白的头发。"早上好,"她用不算糟糕的法语说,"我可以和你说几句话吗?"

门开得更大了些。她走了进去,屋里家具简陋,一个身穿红色羊毛衫的老头正坐在桌边,面前摆着一个碗。她跟老人打了声招呼,他点了点头,却并未起身。

"很抱歉,一大早就打扰你们,"她说,"我每天都

---

[1] 原文为法语。

要骑自行车两次路过你们家,而每次——你们肯定也听见了——你们家的狗总是等在那里招呼我。"

一阵沉默。

"已经好几个月了。我想知道是否能有所改变。我是说,你们是否愿意将我介绍给你们家的狗认识,让他跟我混个脸熟,知道我不是敌人,没有恶意?"

夫妻俩交换了一下眼神。屋子里空气凝滞,仿佛窗户多年未开。

"这是条好狗,"老妇人说,"一条护卫犬。"[1]

她由此得知,她不会得到引见,不会和那条护卫犬[2]混熟。因为老妇人的言下之意是将这个女人当成敌

---

[1] 原文为法语。
[2] 原文为法语。

人对待是正当的,她将继续被视为敌人。

"我每次路过你们家,你们的狗都会发狂,"她说,"毫无疑问,他将恨我视为他的职责,可是他对我的恨意令我震惊,我又惊又怕。从你们家门前路过,是一次次令人感到屈辱的经历。被吓成这个样子是可耻的。可是没法表示反抗,也没法制止我的恐惧。"

夫妻俩冷冷地盯着她。

"这是一条公共道路,"她说,"在公共道路上,我有权不受到惊吓,不被羞辱。而你们是有能力对此做出改变的。"

"这是我们家的路,"老妇人说,"我们又没请你来。你可以绕道。"

男人第一次开口说话了:"你谁啊?你有什么权利跑来告诉我们该怎么做事?"

她正要回应，男人却没有兴趣。"走，"他说，"走，走，走！"

他身上那件羊毛衫的袖口脱线了，挥手打发她走时，线头拖进了咖啡碗里。她本想向他指出这一点，但后来还是没有这样做。她一言不发地离开了。大门在她身后关上。

那条狗猛扑到栅栏上。*总有一天*[1]，狗说，*栅栏会倒掉的。总有一天*，狗说，*我会把你撕成碎片*。

尽管她在发抖，尽管她分明感到阵阵恐惧的波浪正从她体内涌向空中，她还是尽可能地保持平静，直面那条狗，用人类的言辞对他说话。"诅咒你下地狱！"她说。接着，她跨上自行车，往坡上骑去。

---

[1] 后文未加注释的楷体字原文均为斜体英文。

Story

故事

2014年

{2}

Moral Tales

J.M. Coetzee

她没有负罪感。让她吃惊的就是这个。一点都没有。

每周一次，有时两次，她去那个男人在城里的公寓房，脱掉衣服，同他做爱，再穿上衣服，离开公寓，开车去学校接自己的女儿和邻居的女儿。回家的路上，她在车里听她俩讲学校的事。之后，当两个孩子吃饼干、看电视时，为了让自己变干净，焕然一新，她会冲个澡，洗下头发。完全没有负罪感。她甚至都在哼着歌。

我是个什么样的女人？她边问自己，边用脸迎着瀑布般落下的温水，感受水珠轻轻击打在她的眼睑、她的嘴唇上。这种不忠、不贞的事做起来如此顺手，我能是个什么样的女人呢？

不贞——当那个男人第一次进入她身体的瞬间，

她对自己说的就是这个词。亲吻、拉扯衣服、爱抚、亲密地触碰：此前的所有行为都可以被原谅，可以消解在谈话中。那些行为可以用另一个词来命名，玩弄，比方说，玩弄不贞，甚至可以说只是在玩弄不贞的观念。那像是啜饮，而非吞咽。它还不是真事。可一旦他进入她，如此轻易又受用，这事就变得不可逆转，成了真事。它正在发生，它已经发生了。

现在她每次都要吞咽了。她迫不及待地想要把他吞进自己的身体。我是个什么样的女人？她想。而答案似乎是：你是一个坦率的女人。你知道（终于！）你想要的是什么。你得到了你想要的，而你对此感到满足。你想要，想了又想，而你一旦得到了它，你便知足了。因此你并非贪得无厌，你不是一个贪得无厌的女人。

魔镜，墙上的魔镜：告诉我答案！

他不是那种居家型的男人，不过为了迎接她的到来，他还是会提前买好寿司。完事后，如果还有时间，他们就会坐在阳台上，一面看着底下的车流，一面吃寿司。

有时他买的不是寿司，而是巴拉瓦饼[1]。寿司日和巴拉瓦饼日并没有什么明显的区分。所有的日子、每一次约会都直截了当，令人满意。

出于工作需要，她的丈夫不时在外留宿，但她并没有趁机和那个男人过夜。她很清楚她与男人之间的界限是什么，也清楚她想要的界限在哪里。具体说来，她不希望他们之间的事闯入她的家——那个包含了她婚姻的家。

---

1 一种土耳其酥皮点心，也译作果仁蜜饼。

介于两人之间的东西尚未命名。一旦结束，它便可以被称为：外遇。她将在咖啡时间向某个朋友坦白：很久以前，我同一个陌生男子有过一段外遇。我还从来没有跟别人讲过，你是第一个知道的，你得答应我，一定要替我保守秘密。那段外遇持续了三个月、六个月或三年。它发生在过去。它的确是外遇，却出奇地简单，出奇地美好，它是如此美好，以至于我再也不想再来一次。这就是我能够向你讲述它的原因：它是我过去的一部分，是曾经的我的一部分，是造就今日之我的事物的一部分，却不是我的一部分。我从前是一个不忠之人，但一切都结束了。如今我又恢复了忠诚。如今我是完整的。

她的丈夫因公出差，半夜她打了个电话过去。"你现在在哪儿？"她问。在旅馆里，他回答。"你一个人吗？"她问。当然是一个人了，他回答。"证明一下，"她说，"告诉我你爱我。"他便告诉她他爱她。"大声点，"她说，"让所有人都听见。"他告诉她他爱她，他崇拜她，她是他生命中唯一的女人。并且，他又一次告诉她，他的确是一个人。他问她是不是在忌妒什么。"我当然是在忌妒了，"她说，"不然我为什么会睡不着，想着你和一个陌生的女人待在旅馆里？不然我干吗打电话给你？"

这全是谎言。她没有忌妒。怎么可能呢？她很知足，一个知足的女人是不会忌妒的。这似乎是一条定律。

她半夜给身在外地住在宾馆里的丈夫打电话，是为了让他明白，那会儿她没在家里、没在他们的婚床上同陌生的男人厮混。她的丈夫对她没起任何疑心，他也不是一个多疑的人。然而，她还是打电话给他，假装醋意大发。这事做得有些狡猾，甚至卑鄙。

她正在交往的那个男人，在他的家里、他的床上招待她的那个男人是有名字的。当着他的面，她会喊他的名字，罗伯特；可当她一个人待着的时候，她便称他为X。叫他X不是因为他是一个谜、一个不熟的人，而是因为X可看作一种用来消除名字的叉号，罗伯特也好，理查德也好，你往上画一个X，它就消失了。

她不恨X，也不爱他，但她确实很喜欢他盯着她的样子，以及随之而来的他在她身上做的事。她光着身子躺在他的床上，在他的公寓房，也就是说在他的家里，而他望着她的时候，眼睛里装着那么多欣喜，那么多愉悦，那么多欲望，以至于……

如果X是一位画家，她会劝他在他的床上给她画一幅裸体画。她会戴上一具专为这种场合打造的威尼斯面具。"戴面具的裸体",画成之后就叫这个名字好了。她会让他展出这幅画,以便让世人了解一下,一副被人渴求的女人的身体长什么样。

如果 X 是一位真正的画家,他将找到途径用自己的画宣告:瞧瞧这具如此充满情欲的身体吧。如果我选择摘掉面具,宣告便是:瞧瞧这个如此充满情欲的女人吧。

如此:如此是什么意思?

当然,他不是画家。他所从事的工作让他偶尔可以在下午休息,一周有时一次,有时两次。她知道他干的是什么工作,他跟她说过,不过那并不重要,所以她选择忘记。

他就他俩的关系问过她对她丈夫的想法。"你是不是以为我在利用你报复我的丈夫？"她说，"你真是错得离谱。我的婚姻非常幸福。"

她的婚姻没有任何问题。她已经结婚十年或七年了——这取决于人们对婚姻的定义，她没有理由不相信自己会永远保持婚姻关系，或者说至少会保持到她死的那天为止。她从未像现在这样体贴过她的丈夫，她对丈夫的反应更强烈了，爱得也更深了。两人的性生活和从前一样好，甚至更好。

是不是因为她现在每周都要同那个陌生男子约一两次会，因为那个陌生男人 X 激起并满足了她的欲望，所以她同丈夫的交合才像从前一样好，也许更好？那个陌生男子 X 拿了一篇罗伯特·穆齐尔[1]的短篇小说让她

---

[1] 罗伯特·穆齐尔（Robert Musil，1880—1942），奥地利小说家，著有《学生特尔莱斯的迷惘》《没有个性的人》等小说，散文集《生前的遗言》。

读，那个故事讲的是一个女人同陌生人出轨后又回到丈夫身边，并且比从前更爱自己的丈夫。他让她读这个故事像是要给她某种启示，但这一点，他确实大错特错。她并不像故事里那个叫塞莱斯特还是克拉丽斯的女人。故事里的克拉丽斯是堕落的，可她并不堕落。更具体地说，故事里的克拉丽斯尝试洗净陷入道德泥沼的堕落行为，洗净并予以救赎；而在她的午后进城之行里并没有什么堕落之处。之所以这么说，是因为这事与她的婚姻无关。那些事都是在她下午的空闲时间里做的，在那一两个小时里，她不是一个已婚女子，而仅仅作为她自己而存在。

　　一个已婚女子能否做出理智的决定，在一段时间里停止成为已婚女子，而仅仅是她自己，随后重新成为已婚女子？成为已婚女子意味着什么呢？

她不戴婚戒,她的丈夫也不戴。这是他们从一开始,七年或十年之前,就说好的。婚戒是区分已婚女子与女人的唯一可见的标记。她确实想不出来某种其他类型、不可见的标记可能是什么。具体说来,当她窥视自己的心,她看到就是她自己。

罗伯特·穆齐尔的故事让她对 X 有了戒心。她不确定故事中的克拉丽斯是否在自欺(她看不出出轨的问题要如何解决),不过这个问题出现在克拉丽斯身上,事实上意味着它一定也会出现在她身上。所有这些关于已婚女子意味着什么的问题,是不是她在为自己的不忠做辩护呢?她并不这么认为,不过她同样看不出出轨的问题要如何解决。

她确信 X 让她读这个故事是一个错误。从他那方面看,这是一个错误,因为它搅浑了原本并不混浊的水；而从她这方面看，也是一个错误，因为想着她像（或不像）故事里的那个女人，她便有点看轻X了，而对她来说，看重X是重要的。

没有负罪感这一心理持续困扰着她。有时，在丈夫的怀抱中，她很想说："你不知道被两个男人爱着，我感到多么幸福。我心里充满感激。"不过，明智的是，她并未意气用事。她很明智地闭上了嘴，将注意力集中于从他们——她和她爱着的丈夫——正忙活的事中挤出最后一滴欢喜之液。

"你为什么总在笑呀？"车里的女儿问。这天回家的路上只有她们俩，邻居家的小孩生病了，没去学校。

"我笑是因为和你待在一起很开心啊。"

"可你总在笑，"那个孩子说，"我们在家的时候你也在笑。"

"我笑是因为生活如此美好。因为一切都如此完美。"

一切都是完美的。完美指的是同时拥有丈夫和情人吗？我们能否在天堂期待这一情景：重婚，多重重婚，所有人与所有人的重婚？

事实上，就其自身道德观而言，她是一个相当保守的人。当这桩事，这桩似乎注定要以外遇之名留存下来的事结束后，她怀疑自己不会再来一次。她从她的朋友那里听来的出轨事件，那些秘密吐露给她的出轨事件，几乎全是不幸的。她不能指望就她一人的第一次以及随后而来的一系列外遇都是幸运的，这种念头无疑是一种致命的诱惑。所以，当这次外遇结束后，不管是三个月、三年还是多久以后，她都会重新做回已婚女子，她将自始至终、夜以继日地保持已婚状态，并将那段记忆深埋心底：在那个炎炎夏日，她懒洋洋地躺在床上，被一个男人贪婪的目光凝视着，即使他不能画下你，他的余生却将始终记着，他的心里将始终刻着，这一幅美丽的裸体画。

Vanity

虚
荣

*2016*年

{ 3 }

Moral Tales
-
J.M. Coetzee

他们的母亲要过生日了，六十五岁，一个值得庆祝的生日[1]。他和他的妻子、妹妹，带着两个小孩以及一堆生日礼物，一同来到母亲的公寓楼，小汽车被他们挤得满满当当的。

他们乘电梯来到顶层，摁响门铃。她本人，或者说至少是一个看起来有些怪异、长得不像他们的母亲的女人打开了门。"嘿，亲爱的，"这个面生或者说脸熟的女人说，"别傻站着——进来呀！"

等他们全都进屋后，他才弄明白母亲哪里变了。她染发了。这个女人，他的母亲，自他记事起，就留着一头很短的头发，五十多岁时开始变得灰白的头发，现在却成了金黄色。而且，她还将这头金发打理得相当别

---

[1] 六十五岁是大多数西方国家规定的退休年龄，六十五岁以上的人会被视为老年人。

致，十分有型，一缕刘海俏皮地垂在她右眼上方。还有化妆！她以前从不用化妆品，或者就算用，也涂得很淡，以至于像他这样不善观察的人根本察觉不到。这样一个人现在却描黑了眉毛，涂红了嘴唇，那口红他猜应该是珊瑚色。

作为小孩，孙子、孙女——也就是他的两个孩子——还没学会隐藏自己的感情，他们的反应最直接。"你是怎么弄的呀，奶奶？"姐姐埃米莉说，"你看起来真奇怪！"

"你不打算亲一下奶奶吗？"他母亲说。她的语气并不引人怜悯，也没有受伤的意思。他已经习惯了母亲身上的冷酷，而这种冷酷丝毫没有消退之意。"我一点也不觉得自己哪里奇怪。我觉得自己很好看，别人也都这么说。你很快就会习惯的。再说，我们要庆祝的是我的生日，又不是你的。会轮到你过生日的。大家都会轮到，一年一次，只要我们还活着。生日嘛，就是这么回事。"

孩子们就那样从她身边逃开当然不礼貌。不过，将她的这种打扮说开，的确是一种解脱。这样一来，他们就能对她审视一番了。

她给他们端来了茶和蛋糕，蛋糕上插上了六根半蜡烛，代表她的六十五岁。她叫小男孩吹灭蜡烛，他也照做了。

"我喜欢你的新造型，"他的妹妹海伦说，"瞧！我说过的，我完全赞成全新的开始。你觉得怎么样，约翰？"

约翰——已经不是小孩，因而早已学会了隐藏感情的他——表示同意。"过生日弄一个新造型再合适不过了，"他说，"全新的开始。新的一页。"

"谢谢，"他母亲说，"你肯定只是说说罢了。不过还是要感谢你这么说。我猜你现在很想知道我这么打扮意味着什么。"

他并不是很想知道那意味着什么。这个新造型本身已经足够惊人了，不需要再附加意义上去。但他什么也没说。

"这不是永久的，"他母亲说，"放心吧，它是短期的。等过完这个季节，在适当的时候，我会恢复原先的样子。我只是想再次引人注目。我希望这辈子还能再有那么一两次，被人当作女人盯着看，仅此而已。只是被看，没别的了。我不想在没有再次经历这种体验的前提下退场。"

四目相对。他同妹妹交换了一下眼神，一瞥，一瞧，他们之间的那种瞧法，不是传递于男女之间，而是流转于有着长年串通经验的兄弟姐妹之间的眼神。

"你不觉得，"海伦说，"你有可能会失望吗？不是说没人盯着你看，而是投向你的目光可能不是你想要的。"

"你这是什么意思？"他母亲说，"我猜我知道你的意思，不过你还是说说看吧。"

海伦沉默了。

"你指的是不是那种惊恐的眼神？"他母亲说，"是不是看到一具盛装打扮参加舞会的尸体时，人们会有的那种眼神？你觉得我这个样子太夸张了吗？"说着，她将那道金色的刘海拂到一边。

"很好看。"海伦畏缩着说。

他的妻子自始至终不置一词。不过在回家的车上，她终于决定一吐为快。"她会受伤的,"她说,"如果没人管她,她就会受伤,而遭指责的是我们,因为我们任由这事发生。"

"任由什么事发生?"海伦问。

"你知道我的意思,"他的妻子说,"她已经失控了。"

这下轮到他为母亲辩护了。"她没失控,"他说,"她完全是理性的。强烈地想要某样东西,然后想方设法得到它,这难道是不理性的吗?"

"她想要什么呀?"坐在后座的埃米莉,他的女儿问。

"你不是听见奶奶说了,"他说,"她想要重新体验一下年轻时曾有过的某种经历。就这么简单。"

"什么经历?"

"你听到了吧，她想要人们以特有的方式注视她，带着钦佩的目光。"

"那她怎么会受伤呢？"

"你妈说的是一个比喻。诺玛，跟我们讲讲你想说的是什么。"

"她会失望的，"他的妻子，孩子的母亲诺玛说，"她不会得到她想要的那种眼神。她只会得到另外一种眼神。"

"另外哪种眼神？"

诺玛不说话了。

"哪种眼神呀，妈妈？"

"就是当你……不得体时会得到的那种眼神。当你穿着不得体时，当你不管如何打扮都与你的年龄不相称时。"

"什么是不得体？"

一片沉默。

"不得体就是不寻常，"他说，"当你表现得不同寻常或出人意料，有人就会说你不得体。"

"我可不是这个意思，"诺玛说，"不得体不仅仅是不寻常。不得体是怪异。当你变老，并且开始失去理智，就会变成这个样子。"

"六十五岁不算老，"他反驳道，"七十岁也不老，如今八十岁都不算老啊。"

"你的母亲总是活在她自己的世界里，一个不真实的世界里。这一点你清楚得很。当她年轻时，这样做也没什么问题。可是现在，不真实，真实生活中的不真实开始让她尝到了苦果。她如今的行为举止就像是书里的人物。"

"书里的人物有什么样的行为举止?"

"她那个样子就像是从契诃夫的小说里走出来的人。他写过这么一个人,她尝试重拾青春,结果却受了伤,被羞辱。"

他读过契诃夫的小说,但他不记得这个故事:一个女人给灰白的头发染了色,出门去寻求一个眼神,某种目光[1],仅此而已,结果却受了伤,被羞辱。

"展开讲讲,"他说,"给我们讲讲契诃夫笔下的那个女人。她受了伤,然后发生了什么?"

"她在那个下雪天回到家里,房子空荡荡的,炉子里的火已经熄灭。她站在镜子前面,摘掉假发——在契诃夫的小说里,是假发——一脸哀伤。"

1　原文为法语。

"然后呢?"

"没了。她很伤心,故事就这么结束了。她将一直伤心下去。生活给她上了一课。"

As a Woman Grows Older

女
人
渐
老
时

*2003—2007*年

{ 4 }

Moral Tales

J.M. Coetzee

她去尼斯[1]看望她的女儿，多年来的第一次探访。她的儿子将从美国飞过来，在去参加某个会议之类的事务的途中，和她们一起待上几天。时间上的巧合引起了她的注意。她寻思是不是已经有什么事串通好了，他俩是不是已经有了某个针对她的计划，一旦觉得父母亲无力照顾自己时，为人子女的就会提出这样的建议。真是倔强，他们彼此一定会这样说，太倔强，太顽固，太固执己见了——除了一起努力，我们怎么可能打败那种倔强呢？

当然，他们是爱她的，不然也不会为她出谋划策。尽管如此，她仍然感觉自己像某个罗马贵族，等着别人送来那杯致命的毒药，并用最为交心、最具同情心的方

---

[1] 法国东南部城市，因温暖的气候和独特的地中海景观而著称。

式告诉她，为了大局着想，她最好还是一声不吭地把它喝掉。

她的两个孩子在现在和过去都令人满意，尽职尽责，表现出了子女该有的样子。作为母亲，她是否也做得令人满意、尽职尽责，那就难讲了。不过，在人的一生中，我们并不总是能得到该得到的。她的孩子要想得到公正，就只好期待来世，再投一次胎了。

她的女儿在尼斯经营一家艺术画廊，如今已经成为事实上的法国人了。而她的儿子同他的美国妻子和美国孩子住在一起，很快也会成为事实上的美国人。就是说，飞离鸟巢后，他们已经飞得很远了。不了解情况的人也许会认为，他们飞得那么远是为了躲开她。

无论他们向她提出什么样的建议，必定充满了暧昧：一方面是爱与关怀；另一方面是冷酷无情，以及为她送终的愿望。不过，暧昧不该搅乱她的心。毕竟，她以暧昧为生。如果没有弦外之音，虚构的艺术该如何呈现？如果只有开头或结尾，中间一片空白，生活本身又会是什么样子？

"随着我越来越老，我发现令我不安的是，"她对儿子说，"我听见自己说出了那些从前我总是在老人那里听到，并发誓自己绝不会说出口的话。就是那些关于世风日下之类的话。比如，似乎人们不再意识到"能"这个动词有过去式——世界正在变成什么样子？人们走在街上一边吃比萨一边打电话——世道还要怎么变？"

这是他来尼斯的第一天，是她到尼斯的第三天：六月清澈而温暖的一天，这样的天气首先会吸引那些悠闲的有钱人从英格兰跑来这片绵延的海岸。瞧，他们不就来了，两个人正漫步在盎格鲁街，和一百年前打着阳伞、戴着平顶草帽，哀叹着哈代先生[1]最新的创作，哀叹着布尔人的英国人一个样。

"哀叹，"她说，"一个如今很难听见的词。没有人会有意识地哀叹，除非为了逗趣。这是一个被禁止的词，一项被禁止的活动。所以该怎么办？一个人是否该抑制所有的哀叹，直到他同另一个老家伙单独在一起时，才能将其尽情倾吐出来？"

"你尽可对我哀叹，多久都行，妈妈，"约翰，她那本分的好儿子说，"我会满怀同情地点头致意，绝不取笑你。不过，除了比萨，还有什么事让你哀叹呢？"

"我哀叹的不是比萨，在合适的地方吃比萨是没问

---

[1] 指英国作家托马斯·哈代（Thomas Hardy，1840—1928）。

题的，但边走边吃边说话，我觉得太粗鲁了。"

"我同意，是很粗鲁，至少是不雅的。还有呢？"

"这就够了。我关心的并不是我要哀叹的事物本身，而是我正在讲些多年前我发誓不会说的话。我为什么屈服了呢？我哀叹着世风日下，哀叹着历史的进程。我的哀叹发自内心。然而，当我倾听自己的发言，我听到了什么？我听见我的母亲在哀叹超短裙，哀叹电吉他。而我还记得我当时的愤怒。'是的，母亲。'我回答道，同时咬牙切齿地盼着她闭嘴。所以……"

"所以你觉得我正在咬牙切齿，巴不得你闭嘴。"

"是的。"

"我没有这么想。哀叹世风日下我完全可以接受。我私底下也会哀叹。"

"可是细节，约翰，注意细节！我哀叹的不仅仅是历史的宏大进程，而是那些细节——不讲礼貌，糟糕的语法，噪声！正是这些细节令我愤慨，正是这些细节激怒了我，将我推入绝望。都是些微不足道的事！你明白吗？你当然不懂。在我并未自嘲的时候，你以为我在取笑自己。而这一切都是严肃的！你能理解这一切都可能是严肃的吗？"

"我当然理解。你表达得很清晰了。"

"可我没有说清楚！我没有！我用言辞表达自己，可如今我们全都厌倦了言辞。唯一还能证明严肃的方式是结束你自己。抓住你的刀戳向自己，或是崩掉自己的脑袋。而这些话我一说出口，你肯定就要偷笑了。我知道的。因为我并不严肃，不够严肃——我老得没法严肃了。二十岁自杀是一种悲剧性的丧失。四十岁自杀是一则发人深省的时评。可要是你七十岁自杀，人们会说：

'真丢脸，她一定是得了癌症。'"

"可是你从不在意别人怎么说呀。"

"我不在意是因为我总是相信未来。历史将证明我的清白——我从前就是这么对自己讲的。可我现在失去了对历史的信念，因为历史变成了今天这个样子——历史有能力赶上真相，我对此失去了信心。"

"那么历史在今天变成了什么样子呢，妈妈？以及，当我们在讨论这事时，我能不能提醒你一下，你又一次将我摆到了喜剧配角或小搭档的位置，而我不是很喜欢这样的角色。"

"对不起，我错了。这都是独居的结果。大多数时候，我不得不在脑子里排演这些对话。能找到将这些话倾吐出来的角色，对我是莫大的安慰。"

"应该找对话者，而不是角色。对话者。"

"能将这些话倾吐出来的对话者。"

"应该是交流。"

"我能与之交流的对话者。抱歉。我不说了。诺玛最近怎么样?"

"她很好,她向您问好。孩子们也很好。不过,历史变成什么样子了呢?"

"历史已经失声了。缪斯女神克利俄[1]从前总是弹起她的里拉琴,歌唱伟人的壮举,如今这声音却变得犹疑不定,无足轻重,有点像是出自那种最愚蠢的老妇之口。至少有时候我是这么想的。其余时间,我则觉得她是被一群恶棍给囚禁起来了,他们折磨她,强迫她说出那些言不由衷的话。我没法告诉你我心中所有关于历史

---

[1] 克利俄是古希腊神话中九个缪斯女神之一,负责掌管历史。

的黑暗念头。它们已经成了一种困扰。"

"一种困扰。这是不是意味着你写下了这些想法。"

"不,我没写。如果我能书写历史,那我就找到摆脱困扰的方法了。不,我能做的只有动怒和哀叹。我也在哀叹我自己。我已经陷入了陈词滥调,而我不再相信历史能改变这种陈词滥调。"

"什么陈词滥调?"

"就像唱片机卡住后不断重复的片段,当留声机及其唱针消失后,这些片段就失去了意义。而从四面八方传向我的那个回音是凄凉。她带给世界的信息是无休止的凄凉。凄凉是什么意思呢?这是一个和冬景有关的词,却不知为何附着在我的身上,它就像一条小杂种狗跟在我身后,不停地叫,甩也甩不掉。我已经被犬化了。它会跟着我走进坟墓。它会站在坟头,盯着里面狂吠：凄凉，凄凉，凄凉！"

"如果你不是那个凄凉的人，那么你是谁呢，妈妈？"

"你知道我是谁，约翰。"

"我当然知道。不过，你还是讲讲吧。用语言解释一下。"

"我是那个过去常常大笑如今却不再发笑的人。我是那个哭泣的人。"

她的女儿海伦在这座古老的城市经营一家艺术画廊。种种迹象表明，这家画廊很成功。画廊不是海伦的，她受雇于两个瑞士人，他们每年两次从伯尔尼的总部来到这里，检查账目，将盈利收入囊中。

海伦，或者说埃莱娜[1]，年纪比约翰小，看起来却更老。甚至还是学生时，她就已经有了中年人的气质，那会儿她穿着窄身裙，戴着一副会让人联想到猫头鹰的眼镜，发髻盘在脑后。严肃、独身的知识分子：法国人会为这类人提供生存空间甚至怀有敬意。而在英格兰，海伦会被一眼认成一个图书管理员，成为被取笑的对象。

事实上，她并没有充足的理由认定海伦是独身主义者。海伦对自己的私生活只字不提，不过从约翰那里，她听说了一桩持续多年的恋情，那个里昂的商人会带她去过周末。谁知道呢，也许周末她会变得妩媚起来。

---

[1] 海伦（Helen）在法语中拼读为埃莱娜（Hélène）。

思考子女的性生活并不得体。不过她仍然无法相信一个献身艺术的人——尽管她只是在卖画——会没有隐秘的欲火。

她预计会有一次联合攻击：海伦和约翰让她坐下，塞给她一份为了解救她而制订出来的计划。事实并非如此，他们一起度过的第一个夜晚极其愉快。这一话题要等到次日才会被提出来，当时是在海伦的车上，她俩朝北驱车进入了下阿尔卑斯省[1]，中途正要去一家由海伦选定的馆子吃午餐——约翰则留在家里准备他开会需要用到的论文。

"你觉得住在这里怎么样，妈妈？"海伦忽然抛出这么一句。

---

[1] 法国东南部省份，与尼斯所在的滨海阿尔卑斯省相邻，现称上普罗旺斯阿尔卑斯省。

"你是说住在山间吗？"

"不是，我是说住在法国，在尼斯。我住的那栋楼里有套房子十月就空出来了。你可以把它买下来，或者我们一起出钱买。房子在一楼。"

"你想让我们住在一起，你和我？这太突然了，亲爱的。你确定你想这样吗？"

"我们不会住在一起。你完全可以独立生活。但要是有什么突发情况，你就能喊人过去了。"

"谢谢你，亲爱的，可是墨尔本有非常专业的救护人员，他们受过训练，专门应对那些老人和他们那小小的突发情况。"

"拜托，妈妈，我们不要再绕来绕去了。你都七十二了，心脏也有问题，你不可能总是自己照顾自己。要是你——"

"别说了，亲爱的。我相信你和我一样讨厌拐弯抹角。我会摔断髋部，我会成为老糊涂，我会常年卧病在床，拖着不死：我们谈论的就是这类事。考虑到这么多可能性，对我来说问题就变成了这个：我为什么就该把照料老人的重担强加给我的女儿呢？而我猜，对你来说问题是：如果你没有发自内心地向我提供关心与保护，哪怕只有一次，那么你是否还能忍受自己？我这样说公平吗，对于我们的问题，我们共同的问题？"

"是的。我的提议是真诚的，也是可行的。我同约翰讨论过了。"

"那就不要让争论毁掉这美好的一天吧。你已经提出了你的建议，我也听到了，并保证会考虑这事的。到此为止吧。你这会儿肯定觉得我不大可能会接受。但我的思绪却完全涌动在另一个方向。老人比年轻人更擅长一件事，那便是死亡。老人（多么古怪的一个词）有责任死得好，为后来的人展示什么是好的死亡。我在思考的就是这个。我想集中精力思考一下好的死亡。"

"你在尼斯会和在墨尔本一样善终的。"

"才不是，海伦。好好想想，你就会发现你说得不对。你还没问我什么是好的死亡。"

"你说的好的死亡是什么意思啊，妈妈？"

"好的死亡发生在远方，在那里，陌生人、殡仪馆的人会处理掉死者的残骸。好的死亡是你从电报里读到的死讯：我很遗憾地通知你……只可惜电报已经过时了。"

海伦生气地哼了一声。随后两人在沉默中继续前行。尼斯已经远在身后。她们沿着一条空荡荡的道路冲入漫长的峡谷。虽然名义上已是夏天，这里的空气却很冷,似乎太阳从未抵达这样的深度。打了个寒战后,她摇上车窗。像是驶入了一则寓言!

"独自死去是不合适的,"最后还是海伦开了口,"都没人牵着你的手。那是反社会的,不人道的,无情的。请原谅我的用词,但我是认真的。我愿意牵着你的手,陪着你。"

两个孩子中,海伦表现得总是更矜持,与母亲的关系更疏远。此前海伦从未讲过类似的话。也许因为是在汽车里,表达变得容易了些,因为司机可以不必直视其交谈的对象。她可没忘掉汽车的这一好处。

"你真好,亲爱的,"她以出乎意料的低沉嗓音说,"我不会忘记你说的话。可是这么多年后我回到法国来等死,不会显得很怪吗?海关的人问我入境的目的是什么,经商还是旅游时,我要怎么回答他呢?或者,更糟的是，他问我打算待多久时，我怎么回答？永远待下去？到死为止？还是只待一阵子呢？"

"就说家庭团聚[1]。他会懂的。为了和家人团聚，这事每天都有。他不会多问的。"

她们在一家名为双隐士[2]的客栈[3]吃饭。店名的背后肯定有故事，但她不想知道。就算是个好故事，多半也是编的。冷风如刀在刮。她们坐在玻璃后面，望着戴雪冠的山峰。这个季节来有点早，除了她们，只有两张桌子上有客人。

"漂亮吗？是的，当然漂亮。漂亮的国度，美好的

---

1 原文为法语。
2 原文为法语。
3 原文为法语。

国度，无须多言。美丽的法兰西[1]。可是别忘了，海伦，我是多么幸运，我从事的是多么优越的职业。我一生中绝大多数时间都可以随心所欲地行动。我一直都选择活在优美的环境之中。所以对我而言，现在的问题是：所有的这些美景对我有什么用呢？美难道不是另一种消费品吗，像葡萄酒一样？人们把它喝下去，把它喝光，能得到一丝短暂的、愉悦的、陶醉的感觉，可是留下了什么呢？恕我直言，酒的残渣不过是尿。美的残渣是什么呢？它有什么好处？美能让人变得更好吗？"

"所以问题就是这个了：住在美景之中是否能让我们变好？在你给出你的答案之前，妈妈，我能先说说我的回答吗？因为我想我知道你会怎么说。你会说你所知

---

1 原文为法语。

道的一切的美对你都没有用，有一天你会发现你站在天堂门口，两手空空，头上顶着一个大大的问号。这样的回答完全符合你的个性，也就是说符合伊丽莎白·科斯特洛[1]的个性。你也相信事实就是这样。

"你不会给出的答案——因为它不符合伊丽莎白·科斯特洛的个性——是，你作为作家创作出来的作品本身不仅仅包含着美——一种有限的美，当然它不是诗，但仍然是一种美，它有形、清澈、简练——也改变了他人的生命，让他们成为更好的人，或是稍微变好了一点。这样说的人并不只有我一个。别人也这么说，那些陌生人。他们对我说的，当面说的。不是因为你写的东西包含教益，而是因为它们本身就是教益。"

---

[1] 本书的主人公伊丽莎白·科斯特洛是库切虚构出来的一个澳大利亚籍作家，她也曾出现在库切的小说《伊丽莎白·科斯特洛：八堂课》和《慢人》中。

"你的意思是就像水黾[1]一样。"

"我不知道水黾是什么。"

"水黾,长腿蝇,一种昆虫。水黾以为自己只是在捕捉猎物,而事实上它在水池表面上的运动轨迹一再表明,它是在寻求最超然、优美的言辞,在寻求上帝的名字。就像你远观出来的那样,笔在纸上的运动轨迹也在追寻上帝之名,你能看见,而我不能。"

"是的,如果你想这么说的话。可不止于此。你教人们如何去感受。凭着恩典的力量。笔的恩典。笔迹是优雅的,因为它跟随思想而动。"

女儿阐述的这一美学理论,在她听来相当老套,颇有亚里士多德的味道。这是海伦自己想出来的吗,还

---

[1] 水黾(mǐn):水生半翅目昆虫。别称:水马、水蜘蛛。

是从别的地方读到的？这一说法要怎样应用到绘画艺术上呢？如果说笔的节奏就是思想的节奏，那么画笔的节奏又是什么样的？那些用喷漆罐喷出来的画作呢？这类绘画作品又是怎样教导人们变得更好呢？

她叹了口气："你能这么说真是贴心，海伦，你试着让我安心，真好。照你的说法，我这一生算是没有白活。当然我并没有被你说服。就像你说的，如果我被说服了，我就不是我了。可我并没有得到安慰。正如你所见，我的心情并不愉快。按我的想法，我所过的生活从头到尾都是错位的，而且是以一种不甚有趣的方式。现在对我来说，如果一个人确实想要变得更好，比起读上几千页黑暗的散文，一定有不那么迂回的方式。"

"比如呢？"

"海伦，这天聊得没什么意思了。在阴郁的情绪下不会产生有趣的想法。"

"那我们就不能谈下去了吗?"

"是的,我们别说了。我们不如做点真正怀旧的事情。就让我们静静地坐在这里,倾听布谷鸟的叫声。"

此时的确有布谷鸟的叫声从餐厅后面的灌木丛里传来。如果她们把窗户开一道缝,就能十分清晰地听见随风而来的鸟鸣声:一段两节的音乐动机,一高一低,循环往复。充满了一种氛围,她想——这是一个济慈式的词语——充满了夏日时光和夏天悠闲的氛围。一只令人不快的鸟,却是怎样的一位歌唱者,一位牧师!咕咕——以布谷鸟的语调说出的上帝之名。充满象征的世界。

在这个地中海的温和的良夜,他们坐在海伦公寓的阳台上玩牌。儿子和女儿还是小孩的时候,他们就没一起这么玩过了。他们玩的是三人桥牌，他们过去叫它"排七"，而据海伦或埃莱娜说，法国人管它叫"拉米"。

夜里打牌的主意是海伦想出来的。一开始的气氛有点奇怪、不太自然，可一旦他们投入其中，她就感到了开心。海伦的直觉真厉害，她从不怀疑海伦的直觉。

现在，令她吃惊的是，他们是多么轻易地就展现出三十年前玩牌时便已显露出的性格。她原本以为一旦他们脱离彼此，这些特征就会消失：海伦草率而浮躁；约翰有点沉闷，平平无奇；考虑到对手是她的骨肉，考虑到如果情况需要，即使是只不起眼的鹈鹕，也会啄破自己的胸部来喂养幼崽[1]，她却表现出了令人惊讶的好胜

---

[1] 在古代欧洲，人们相信如果鹈鹕没有足够的食物，就会用喙啄开胸部，用自己的血液喂养幼崽。因此鹈鹕被视为自我牺牲和慈善的象征。鹈鹕用血喂养幼崽的形象经常出现在教堂的装饰画中。

心。要是他们玩真的，她真的会一把将孩子们的钱一扫而光。对她来说，这说明了什么？对他们三个人来说呢？这是否意味着本性难移，还是仅仅说明家庭、幸福的家庭都是靠戴着面具玩牌来维系的？

"看来我的牌技没有变差啊，"又赢了一次牌后，她插话说，"承让，真是不好意思。"这当然是说谎。她并没有感到尴尬，一点也没有。她很得意："我很好奇随着时间的流逝，在一个人的身上，哪些能力会得到保留，哪些能力又会开始衰退。"

她保留下来的这种能力，此刻正展露出的这一能力，是惊人的眼力。几乎不需要花费任何心思，她便能猜到孩子们手中的牌，每一张都猜得到。她不仅能看透他们的手，还能看透他们的心。

"你觉得你身上哪些能力在衰退，妈妈？"儿子谨慎地问。

"我正在丧失,"她愉快地答道,"欲望的能力。"话都到嘴边了,干脆就说出来。

"我得说欲望并没有力量,"约翰鼓起勇气接过话茬,"也许它是一种强度,像电压。但不是力量,不是电力。欲望也许会让你想要爬山,却不会帮你登顶。至少在现实世界不会。"

"那什么会帮你登顶呢?"

"能量。燃料。你在准备阶段储存下来的东西。"

"能量。你想知道我的能量,我的能量理论吗?我是这么想的,随着我们变老,身体的每个部分直到单个细胞都开始退化或者说经历熵减。老细胞即使还很健康,也染上了秋天的颜色。脑细胞也是这样:染上了秋天的颜色。

"正如春天是期望的时令，秋天是回望的季节。秋天的大脑孕育出的欲望是秋天的欲望，它们怀旧，分层置于回忆中。它们不再具有夏天的热度，哪怕它们仍然激烈，哪怕这种激烈是复杂的、多价的[1]，它们也更多地朝向过去，而非未来。

"好吧，核心思想就是这些，这是我对脑科学的贡献。你怎么看？"

"与其说是对科学的贡献，"她那说话圆滑的儿子说，"不如说是对哲学的贡献，对哲学思辨这一分支的贡献。不过你为什么不直接说你感觉自己沉浸在秋天的情绪中，并就此打住呢？"

"因为如果仅仅是一种情绪，它是会改变的，情绪

---

[1] 生物学术语，用以描述三条或更多条参与联会的染色体的特征。

就是这样。太阳升起后，我的心情也会明朗起来。但灵魂的某些情境所抵达之处要比情绪更深。比如对烂泥的乡愁[1]便不是情绪，而是存在的状态。我想问的问题是：对烂泥的乡愁中的乡愁属于心灵还是大脑？我的回答是，属于大脑。大脑并不起源于永恒的范式，而是在污垢中，在淤泥里，在最初的黏液中，随着它的衰退，它渴望回归。发自每一个细胞本身的重回物质的渴望。一种比思想更深刻的死亡驱动力。"

这些话听起来都很好，听起来确实如此，都是闲聊，一点也不疯狂。可她正在思考的却不在所有这些闲谈之中。她在想：谁会向自己的孩子，向自己可能再也

---

[1] "对烂泥的乡愁"（Nostalgie de la boue）指的是对下流文化、堕落体验的渴望，出自法国诗人、剧作家埃米尔·奥日埃（Emile Augier, 1820—1889）。

没法见到的孩子这样子讲话呢？她还在想：这就是一个处于人生之秋的女人心中会泛起的那类念头。我所看到的一切，所说出的一切，都染上了回望的神情。我还剩下些什么呢？我是那个哭泣的人。

"你现在就在忙着思考这些事吗，脑科学？"海伦说，"你现在在写这个吗？"

奇怪的问题，带着侵入的意味。海伦从不同她谈论她的工作。这并不能说是她们之间的一个禁忌话题，但肯定是越界了。

"没有，"她说，"我还是在写小说，听到这个，你是不是会松口气。我还没有堕落到四处兜售自己观点的地步。女士们，来听听伊丽莎白·科斯特洛的观点。"

"一部新长篇？"

"不是长篇，短篇小说集。你们想听听其中一个故事吗？"

"好啊。你很久没有给我们讲故事了。"

"好极了，给我的孩子讲个睡前故事。很久以前，不过是在当代，不是古时候，有一个人去一座古怪的城市——就叫它 X 城吧——参加面试。待在旅馆的时候，他感到不安，有想冒险的冲动，也说不上为什么，他给应召女郎打了电话。女孩来了，同他消磨了一段时光。他在她面前很放得开，比和自己的妻子待在一起时更自在。他对她提出了某些要求。

"第二天的面试很顺利。他收到了录用通知，并表示接受。在故事里，他很快就带着妻子和所有东西搬到了 X 城。在新办公室的同事里面，他一眼认出了那个女孩，那个去他旅店房间的女孩，她是公司的秘书、前台或是接线员。他认出了女孩，女孩也认出了他。"

"然后呢？"

"没有然后了。"

"可你答应要给我们讲一个故事。你讲的不是一个故事，而只是一个故事的设定。要是你不继续讲的话，你就违背你的承诺啦。"

"她也不一定就是秘书。男人在X城上着班，随后同他的妻子一道被邀请去同事家做客，同事的女儿在门口迎接他们，瞧，就是那个去他旅店房间的女孩。"

"继续，接下来发生了什么？"

"那得看情况。也许接下来什么事也没有发生。也许这就是那类戛然而止，不知道接下来要写什么的故事。"

"胡说。那得看什么情况？"

接着约翰说话了："这取决于他们在旅馆经历了什

么,取决于他对她提出的要求是什么。妈妈,在故事里面,你有没有写明他对她提出了什么样的要求?"

"是的,我写了。"

随后他们三个人都陷入沉默。X城的那个男人接下来会做什么,或者那个兼职卖身的女孩,都退回无意义之中。真实的故事发生在阳台上,两个人到中年的孩子面对着一个仍然有力令他们感到不安和沮丧的母亲。我是那个哭泣的人。

"你还打算告诉我们他提出了哪些要求吗?"海伦追问道,毕竟没有什么别的问题好问了。

已经有些晚了,但还不算很晚。他俩都不是小孩了,两个都不是。无论好坏,他们如今都身在同一条名为生活的漏船上,在冷漠的黑暗之海上漂流,不抱任何拯救的幻想。(她今晚想到的都是些什么隐喻啊!)他们能学会在继承而来的船上共同生活而不吞噬对方吗?

"男人能对女人提出的要求会让我感到震惊。不过,你们也许不觉得有什么可惊讶的,因为我们是不同时代的人。也许世界在这方面已经扬帆远航了,却将我留在海岸上悲叹。也许这就是故事的关键所在:当那个男人,那个年长的男人直面女孩而脸红时,对女孩来说,发生在旅馆里的事只不过是交易的一部分,生活的一部分,是风俗的一部分。"

两个不再是孩子的孩子交换了一下眼神。这就完了?他们像是在说,这故事不怎么样。

"故事中的这个女孩长得很美,"她说,"名副其实的如花似玉。我可以透露这一点。而那个有问题的男人,琼斯先生,此前从未卷入类似的事,即羞辱美,贬损美。他打电话时,他没有想过要这么做。打电话时他没有料到这种欲望就在他的身体里。只是当女孩亲自出现在他眼前，而他看到她，就像我刚说的那样，貌美如花，他才有这个打算。这似乎对他是一种公然的羞辱，让他想到他一生都在错过真正的美，而且很可能从今以后也遇不到这样的美了。这世界太不公平了！他在心里哭喊，而且以其痛苦的方式继续哭喊下去。总的来说，这个琼斯先生，不是一个好人。"

"妈妈，我认为，"海伦说，"你对美，对美的重要性是持怀疑态度的。你曾称它为一段穿插表演。"

"我说过吗？"

"差不多这意思。"

约翰伸出一只手，放到妹妹的手臂上。"故事里的那个男人，琼斯先生，"他说，"是相信美的。他受到了美的诱惑，所以才如此憎恨它，抗拒它。"

"你是这个意思吗，妈妈？"海伦说。

"我不知道我是什么意思。这个故事还没有写完。故事完全成形之前，我通常会忍住，不去谈论它们。现在我知道我为什么要这么做了。"虽然夜里很暖和，但她还是轻轻打了个寒战，"我遭受了过多的干扰。"

"成形。"海伦说。

"那个不重要。"

"这不是干扰，"海伦说，"换作别人的话也许是干扰。可我们与你同在。你肯定知道这个。"

与你同在？真是胡说。孩子反对他们的父母，而不是支持。不过这的确是特别的一周里的一个特别的夜晚。很可能他们再也不会相见了，他们三个人，此生不会再聚在一起。也许，这一次，他们应该超越自身。也许她女儿的话是发自内心的，而非假意。我们与你同在。而她欣然接受这些言辞的冲动——或许也来自真心。

"那么告诉我接下来该怎么写。"她说。

"拥抱她,"海伦说,"让他在她的家人面前伸开双臂抱住她。不管这看起来有多怪。让他这么说:'请原谅我让你遭受的一切。'让他跪在她的面前:'让我在你身上再次崇拜世界之美。'或是说些大意如此的话。"

"很有爱尔兰文学复兴时期作品[1]的意味,"她咕哝道,"很像陀思妥耶夫斯基。只是我不确定它是否会出现在我的写作计划里。"

---

[1] 原文为 Irish Twilight(爱尔兰的曙光),一般称为 Celtic Twilight(凯尔特的曙光),系 19 世纪末到 20 世纪初的爱尔兰文学复兴运动的别称,出自该运动的核心人物叶芝的同名散文集。

这是约翰待在尼斯的最后一天。次日清晨,他将动身前往杜布罗夫尼克[1]开会,他们似乎要在那儿讨论时间开始之前的时间,以及时间终结之后的时间。

"以前我只是一个喜欢用望远镜远眺的小男孩,"他对她说,"现在却不得不把自己改造成哲学家,甚至是神学家。我的生活变化真大。"

"当你透过望远镜察看时间开始之前的时间时,"她说,"你希望看到些什么呢?"

"我不知道,"他说,"也许是上帝,没有维度、隐身的上帝。"

"好吧,我也希望我能看见他。但我似乎没有这个能力。替我向他问声好。告诉他我这就要去见他了。"

---

[1] 克罗地亚南部港口城市,以风景优美闻名。

"妈妈!"

"抱歉。我相信你也知道,海伦提议我在这里买一套公寓房。有趣的主意,但我想我不会接受。她说你也有一个建议。这些提议真是性急啊,就像我又被求婚[1]了似的。那么,你的提议是什么?"

"你来巴尔的摩和我们住在一起。我们的那栋房子很大,有足够的空间,我们正在装修另一个卫生间。孩子们会很乐意你来的。有奶奶陪着他们,是件好事。"

"他们九岁、六岁时会很乐意。可等他们到了十五岁、十二岁就不那么乐意了,他们带朋友回家,结果看到老奶奶正趿着拖鞋在厨房里晃来晃去,一边自言自语,一边把假牙弄得咔嗒响,兴许还不那么好闻。谢谢

---

[1] 这里是一个双关语,因为"提议"(proposal)也有"求婚"的意思。

你,约翰,但是不行。"

"你不用现在就做决定。我会保留我的提议。它将永远有效。"

"约翰,我没有资格说教,我来自澳大利亚,一个完全服从美国主子的命令的奴才国家。然而,请记住,你是在邀请我离开我的出生地,住进大撒旦[1]的肚子里,而我觉得我也许能对此持保留意见。"

他——她的这个儿子,停住了脚步,她也在滨海路上停了下来,站在他的身边。他似乎在思索她的话,并用他脑子里布丁和果冻的混合物——四十年前她传给他的生日礼物——涂抹这些话,他的细胞并不疲惫,还没有到这一步,它们仍有足够的精力应对大大小小的想

---

[1] 大撒旦(Great Satan)是伊朗外交政策声明中用以指称美国的绰号,由伊朗领导人霍梅尼所创。

法：时间之前的时间，时间之后的时间，以及怎么对付年老的母亲。

"不要坚持你的保留意见了，"他说，"还是来吧。我同意这不是最好的时代，但还是来吧。本着悖论的精神。而且，如果你愿意接受我一个极其微小的、温和的劝告，那么我想告诉你，应对宏大的宣言保持警惕。美国不是大撒旦。白宫里的那些人不过是历史中的小插曲。他们会及时退场的，而一切都会恢复从前的样子。"

"就是说我可以哀叹但不能谴责？"

"正义，妈妈，我指的是这个，正义的语调和精神。我知道这肯定很诱人，你一辈子都在下笔之前斟酌每一个词，所以现在想要信口开河，放任自流。可它会在嘴里留下糟糕的气味。你必须意识到这一点。"

"正义的精神。原来它听起来是这样子的。我会牢记于心的。至于说到悖论，就我的经验来说，从悖论中学到的第一课便是不要依赖悖论。如果你依赖悖论，它会让你失望的。"

她挽起他的手臂，两人再次沉默地走在滨海路上。但他们之间的一切已经不太对劲了。她能感受到他的僵硬，他的恼怒。她记起他曾是个喜欢生闷气的小孩。往事一下涌上心头，为了将他从一次愠怒中带出来，需要一连哄上几个小时。一个忧郁的孩子，一对忧郁的父母生下的儿子。她怎么能够奢望寄居在他和他那位沉默寡言、心怀不满的妻子的家里呢？

至少，她想，他们没有把我当成傻子。至少我的孩子对我还有些尊重。

"别吵了，"她说（她又在哄他了吗？她是在发出请求吗？），"我们不要用政治话题来折磨自己了。别忘了，在这个气候宜人的夏夜，我们身在地中海海岸，在欧洲的发源地。我不如这么说吧，要是你、诺玛和孩子们在美国待不下去了，忍受不了它带来的羞耻，墨尔本房子的大门向你们敞开，它一直都为你们敞开。你们可以来做客，可以作为难民而来，或者来与家人团聚，就像海伦所说的那样。而现在，我们去把海伦叫过来，一起溜达到甘必大街，去她的那家小餐馆里美餐一顿，你说好不好？"

The Old Woman and the Cats

老
妇
人
与
猫

2008—2013 年

{ 5 }

Moral Tales

J.M. Coetzee

他难以接受的是，为了同母亲拉家常——尽管很有必要——他必须不远万里跑到她居住的卡斯蒂利亚高原[1]上的这个蒙昧的村庄，这地方一年到头都很冷，晚餐只有一盘豆子和菠菜。此外，还不得不对那些半野生的猫客气一点，一见人进屋，它们就四散逃去。为什么在生命的最后阶段，她就不能找个文明点的地方定居？来这一趟很复杂，回去也很复杂，甚至同她在此地的相处，也会生出许多不必要的枝节。为什么他母亲触摸过的一切都会变得如此烦琐？

到处都是猫，多到像阿米巴原虫一样在他眼前分裂、繁殖。楼下厨房里还有一个莫名其妙的男人，他一言不发地坐着，埋头吃着碗里的豆子。这个陌生人在他

---

[1] 伊比利亚半岛的主要部分，分布于西班牙、葡萄牙两国境内。

母亲的房子里做什么呢?

他不喜欢豆子,这东西会让他肚子胀气。只因身在西班牙就遵从19世纪西班牙农民的饮食习惯,这在他看来显得有些矫情。

那些猫还没进食,而且它们当然不会将就着吃些豆子,它们全都围在母亲的脚下,扭动身体,蹭个不停,试着吸引她的注意。这要是他的房子,他会将它们全都抽打出去。当然这不是他的家,他只是一个客人,他必须以礼相待,甚至是对那些猫。

"那是个厚脸皮的小浑球儿,"他指着它说,"就那边那只,脸上有白斑的那只。"

"严格说来,"他母亲说,"猫没有脸。"

猫没有脸。他又出丑了吗?

"我说的是眼睛周围带白斑的那只。"他纠正道。

"鸟没有脸,"他母亲说,"鱼也没有脸。为什么猫要有脸呢?人类是唯一真正有脸的生物。我们的脸证明我们是人类。"

当然了。现在他明白了。他用词不当。人类有脚,动物有的是爪子;正如人类有鼻子,动物有的是喙。不过如果只有人类有脸,那么,动物是用什么、透过什么面对世界?前部容貌?类似这样的术语能满足母亲追求准确的热情吗?

"猫有神态,一种身体的神态,"他母亲说,"但没有脸。即使是我们,你和我,也并非生来就有脸。脸是一种必须从我们体内引出来的东西,就像从煤炭中引出火。我就曾从你体内,从你的深沉中把脸哄诱出来。我还记得我是怎样朝你弯下腰,对你吹气,日复一日,直到最后,你,那个被我称为我的孩子的存在,才开始出现。这就像召唤出灵魂。"

她陷入沉默。

那只有白斑的小猫为了一缕羊毛同一只大猫扭打在一起。

"不管有没有脸，"他说，"我喜欢那只猫生龙活虎的样子。小猫承诺了那么多，遗憾的是，很少会兑现。"

母亲皱起了眉头："你说的兑现是什么意思啊，约翰？"

"我是说它们似乎有望长成个体，长成独立的猫，每一只都有着独特的个性和独特的世界观。结果小猫最后只是变成了大猫，可互相替换的、普通的猫，仅能代表它们所属的种类。与人类数世纪以来的相处，似乎也并没有帮到它们。它们没有使自己具有个性，也没有发展出特有的性格。它们最多只是展现出某些性格类型：懒惰、任性等。"

"动物是没有性格的，正如它们没有脸，"他母亲说，"你感到失望是因为你期望太高。"

无论他说什么，他母亲都要唱反调，但他并不觉得她有恶意。她继续做着他的母亲，就是说，这个女人生下他，接着满怀柔情而又心不在焉地照料他、保护他，直到他能自立，接着便或多或少地置之不顾了。

"可是如果猫不是个体，妈妈，如果它们没有能力成为个体，如果它们只是柏拉图式的理念之猫的一个又一个化身，那为什么要养这么多呢？为什么不只养一只？"

母亲没有理会这个问题。"猫有灵魂，但没有性格，"她说，"不知你能否理解这一区别。"

"你行行好,"他说,"用简单的词语解释一下,照顾下我这个头脑迟钝的外地人。"

母亲忽然冲他露出了一个无疑很甜的微笑:"准确地讲,动物没有脸是因为它们的眼睛和嘴巴周围没有精细的肌肉组织,而为了让灵魂表现自己,我们人类有幸被赐予了这些组织。就是说,动物的灵魂仍是不可见的。"

"不可见的灵魂,"他沉吟道,"对谁不可见呢,妈妈?对我们不可见吗?对它们的同类不可见?对上帝不可见?"

"是否对上帝不可见我可不知道,"她说,"不过如果上帝是全视的,那么所有事情对他都是可见的。但显然对你我而言是不可见的。严格说来,对其他猫也不可见,视觉是无法触及的。猫是借助其他手段理解彼此的。"

他大老远跑过来就是为了听这些关于猫之灵魂的神秘主义的无稽之谈？厨房里那个男人又是怎么回事？他母亲什么时候打算解释下他是谁？（这座小房子没有隐私可言，他能听见那个男人在厨房里一边吃饭一边抽着鼻子，像猪一样。）

"理解彼此，"他说，"这究竟是什么意思呢——互嗅对方的私处，还是别的更高级的部位？以及——"他忽然壮起胆子问，"楼下那个男人是谁？他是来给你干活的吗？"

"厨房里的那个男人叫巴勃罗，"他母亲说，"我在照料他、保护他。巴勃罗是在这个村子出生的，一辈子都没出去过。他很害羞，不能同陌生人正常交流，所以我没有介绍给你认识。巴勃罗前阵子过得很糟，他总是，正如他们所言，总是暴露自己。习惯性地暴露他的身体，但并无挑衅之意。不是冲我——当你上了年纪后，男人就不会冲你暴露自己了——而是冲着那些年轻女人，也包括小孩。

"社会服务机构想要带走巴勃罗，将他锁进一个所谓的安全场所。他的家人，也就是他母亲和他未婚的妹妹没有表示反对，因为他给她们带来的麻烦已经够多了。接下来我便插手了。我向社会服务机构的人承诺，如果他们让他留下来的话，我会照看好他。我保证会盯着他，确保他不会再有不良行为。这就是我做过的以及还会做下去的事。这就是厨房里的人的故事。"

"那么这就是你不去旅行的原因了。你必须待在这里，守卫着这个乡村的露阴癖。"

"我一只眼照看巴勃罗，另一只眼照看猫。那些猫同村子的关系也很紧张。几代之前,它们还是普通的家猫。后来人们渐渐离开眼下这样的村子,去城里闯荡,他们卖掉家畜,遗弃家猫,任猫自生自灭。它们当然就变野了。它们回归了自然。这还有的选吗?可那些留在村里的人不喜欢野猫。他们一有机会就用枪射杀它们,要不就是设陷阱诱捕,然后将它们淹死。"

"被其驯化者遗弃后,它们重新占有了野性的灵魂。"他给出了自己的看法。

这句评论有意显得轻率,他母亲却没有听出这是个笑话。"灵魂是没有性质的,野生的、家养的或是其他什么属性的,"她说,"如果灵魂有这样的性质,它就不是灵魂了。"

"可你刚还说它有不可见的灵魂,"他反驳道,"不可见难道不是一种性质?"

"没有不可见的知觉对象这种东西,"她回答,"不可见不是对象的性质。它是观察者的性质,是观察者的能力或者说无能。我们看不见,所以才说那种灵魂是不可见的。这说的是我们的属性,与灵魂无关。"

他摇了摇头。"这对你有什么好处呢,妈妈?"他说,"一个人住在这被神遗弃的村子里,在这陌生国度的山区里,对主体和客体做出这些精细无比的学术区分,与此同时,一群浑身长满虱子以及天知道还有什么其他寄生虫的野猫就在家具底下钻进钻出,这真的是你想要的生活?"

"我正在为下一步行动做准备,"她回应道,"最后一步。"她看着他的眼睛,她很平静,看来似乎完全是认真的,"我试着让自己习惯与那些和我的生存方式不同的生命为伴,它们与我的不同之处超出了我的人类理智能够理解的范围。你能理解吗？"

他能理解吗？能，也不能。他是来同她谈论死亡的，即将到来的死亡，她母亲的死亡及其后事，但不是来谈论她的来世的。

"不，"他说，"我不懂，不是很懂。"他用一根手指蘸了下豆汤，又缩回去将手掌打开。那只白斑小猫停止打闹，小心翼翼地闻着他的手指，舔了起来。他望着小猫的眼睛，有那么一瞬间，小猫也回看了他一眼。在那双眼睛背后，在那瞳仁里的黑色狭缝背后，在其后和其外，他看到了什么？是否有刹那的闪光或光线，从隐藏其中的不可见的灵魂中突现？他不能确定，如果真有闪光，更有可能是他呈现在它的瞳孔里的映象。

小猫轻轻跳离沙发，尾巴高高举起，漫步而去。

"所以呢？"他母亲说。她微微一笑，也许还带着嘲弄。

他摇摇头,用自己的餐巾将手指擦干净。"不,"他说,"我不明白。"

他睡在临街的小房间里。屋里冷到他都没法脱掉衣服睡觉。在冰冷的被子下,他蜷缩着身子睡着了。半夜醒来,他发现自己已经冻僵了。他伸手摸了摸床头的小取暖器,睡前是打开的,现在却已凉透。他摁了摁床头灯的开关,灯却亮不了。

他下床,在黑暗中摸索着打开手提箱上的锁,穿上袜子、裤子和一件派克大衣。往头上裹了条围巾后,他才带着打战的牙齿回到床上,断断续续地睡到天明。

母亲在起居室看到他的时候,他正蜷缩在昨夜火炉的灰烬边。

"停电了。"他埋怨道。

她点点头。"你是不是整晚都开着你房间里的取暖器?"她问。

"我一直开着,因为我冷,"他说,"妈妈,我不习惯这种原始的生活方式。我来自文明社会,而在文明社会,我们拒绝接受生活必须是痛苦之谷的观念。"

"生活是不是痛苦之谷我不知道,"母亲说,"但我知道,在这栋房子里,凌晨一点到四点是烧洗澡水的时间,要是你在这期间打开取暖器,就会跳闸。"她顿了一下,神情漠然地注视着他。"不要孩子气了,约翰,"她说,"不要让我失望。我们在一起的时间不多了,你和我。让我看到你最好的一面,而不是最糟的一面。"

要是他妻子这样跟他说话,他一定会同她吵一架——一场争吵,接下来还要在酸涩的气氛里冷战好几天。不过在母亲面前,他似乎准备好了接受相当程度的责备。他母亲可以批评他,而他会适当点点头,哪怕是不公正的批评。(他怎么会知道热水器的事呢?)为什么他母亲一在场,他就会变回九岁的模样,就仿佛过去的几十年不过是一场梦?坐在死火前的他转头望向母亲。"解读一下我吧,"他对她说,尽管他一言未发,"你不是声称灵魂会透过脸表达自己,那么解读下我的灵魂,然后告诉我我需要知道的事!"

"我可怜的孩子,"母亲说着,伸出一只手捋了捋他的头发,"我们需要你变得坚强起来。要是每个人都像你这样,那人类就不可能度过冰川期了。"

"你养了多少只猫?"他问她。

"要看在什么季节,"她答道,"目前常养的有十几只，偶尔还有几个访客。到了夏天，数量就会变少。"

"不过可以肯定的是，随着你的喂养，它们会成倍增长。"

"它们成倍增长，"她表示同意，"健康的生物天性如此。"

"它们以几何级数增长。"他说。

"它们以几何级数增长。但另一方面，大自然也会控制它们的数量。"

"不管怎么说，我算是明白为什么你的村民朋友们会感到不安了。一个陌生人跑进他们的村子，喂养一堆野猫，很快就会让这里野猫成灾。你难道没有打破某种平衡吗？那些马又怎么说呢，它们的肉最后不得不变成猫粮，这样你就能用它们来喂你的猫了？你考虑过那些马吗?[1]"

"你想让我怎么做呢,约翰?"他母亲说,"你想让我饿死那些猫吗?你想让我挑几只出来喂?你想让我喂它们豆腐吃而不是动物肉?你在说什么呢?"

"你可以从绝育开始做起,"他回应道,"如果你把它们抓起来,自己出钱一个个地给它们做绝育,村子里的邻居也许真的会感谢你,而不是私下诅咒你。最后一代猫,被去势的一代,可以心满意足地活完这辈子,然后一切就结束了。"

"双赢啊,是那么回事。"母亲的声音听起来有些尖锐。

"是的,如果你想这么说的话。"

---

[1] 西方国家有将马肉做成猫粮、狗粮的习惯。

"有了这个双赢的结果，我就成了解决野猫问题的杰出榜样：又理性又负责，还显得很有人性。"

他沉默了。

"我不想成为一个榜样，约翰。"从母亲的声音里，他察觉到了即将到来的尖刻气势，私底下他会将这种强硬的、急切的尖刻视为一种强迫症，"让其他人成为榜样吧。我跟随灵魂的引导。我一向如此。如果你不理解我的这一点，那你就什么也理解不了。"

"当你开始使用灵魂这个词，我基本上就已经无法理解了，"他说，"我对此表示抱歉。这是我所接受的过分理性的教育的结果。"

他不同意母亲对动物的痴迷。在人类的利益和动物的利益之间，他毫不迟疑地选择人类，他的同类。善意而疏远：这是他对动物的态度。疏远是因为，说到底，在人类与其他动物之间横亘着巨大的差异。

要是由他一人来解决这个村子及其猫灾的问题，要是他母亲绝不干涉此事——比方说，他母亲去世了——他会说，杀光它们，他会说，消灭那些畜生。野猫呀，野狗呀，这世界已经不再需要它们了。不过既然母亲牵涉其中，他就什么也没说。

"要不，"她说，"我跟你讲讲整个故事吧，关于猫，关于我和猫？"

"讲讲吧。"

"我刚到圣胡安，首先留意到的一件事是，当地的猫只要嗅到一丝人类的气息就会逃窜。理由是充分的：事实证明，人类是它们无情的敌人。而我认为这是一种耻辱。我不想成为任何人的敌人。可我能做些什么？最后我什么也没做。

"随后的一天，我在散步时注意到管道里有一只猫。那是只母猫，正在分娩。因为没法逃走，她只能盯着我怒吼。一个可怜的、挨饿的生命在一个肮脏而潮湿的地方生崽，却准备用自己的生命来保护后代。我也是一个母亲啊，我想对她说。当然她听不懂，也不想听懂。

"我就是在那时做出决定的。一念之间的决定。不需要任何计算，不需要权衡利弊。我决定在猫的问题上背离我的部落——捕猎者的部落——而加入被捕者的部落，不管这需要付出什么样的代价。"

她还有话说，但他打断了她，他不能错过这反驳的机会。"对村里的猫来说，这是好日子，对它们的受害者而言，却是坏日子呀，"他评论道，"猫也是捕猎者。它们偷偷靠近猎物——鸟、鼠、兔子——而且，更重要的是，它们会把猎物生生吃掉。你如何解决这一道德难题呢？"

她没有理会这个问题。"我对难题不感兴趣，约翰，"她说，"不管是难题本身，还是难题的解决方案。将生活视为一系列有待智者解决的难题，我厌恶这样的思维定式。一只猫并不是一个难题。管道里的猫向我发出了请求，而我予以回应。我的回应与难题无关，也不涉及道德考量。"

"你面对面地遇上了那只猫妈妈，而你无法拒绝她的请求。"

她疑惑地注视着他："你为什么说这个？"

"因为昨天你还跟我说猫是没有脸的。而我记得，当我还是个小孩的时候，你常常教导我要尊重他人，面对面与他人相遇时，我们不能拒绝他人的请求，除非我们否认自己的人性。这种请求先于伦理，比伦理更接近本原。你当时就是这么说的。

"你说的问题是，那些谈论我们是如何被他人质询的人，不会想要谈论动物的质询。他们不会接受这一事实：在兽类受苦的眼中，我们也可能遇上一种同样只有以高昂的代价才能拒绝的请求。

"可是——现在我问自己——按你的说法，当我们拒绝受苦的动物的请求时，我们到底否定了什么？否定了我们共同的动物性吗？*动物性*，这一奇怪的抽象概念有着怎样的伦理地位？动物的眼睛——照你的意思，它们缺乏表现灵魂所必需的精细的肌肉组织——向我们显现的到底是什么样的请求呢？如果动物的眼睛只是没有表情的视觉器官，那么你以为你在里面看到的，事实上仅仅是你想要看到的东西罢了。动物没有真正的眼睛，没有真正的嘴唇，没有真正的脸——我很乐意承认这一切。可是如果它们没有脸，我们，我们这些有脸的生物，如何从它们身上认出我们？"

"我可没说管道里的那只猫有脸，约翰。我是说她在我身上看到了敌人，并朝我怒吼。她看到的是一个世袭的仇敌，一个物种的仇敌。那一刻发生在我身上的事与眼神交流无关，而是关乎母性。我不想生活在这样一个世界里：穿着靴子的男人趁你分娩，脆弱而无助、无法逃离之际，一脚把你踹死。我也不想生活在这样一个世界里：我的孩子或别的母亲的孩子被抢走、被淹死，就因为有人认定他们数量太多。

"孩子永远不会太多，约翰。事实上，坦白讲，我希望我有更多孩子。没有多生不是个人身体的原因，而是我犯下了一个可悲的错误，我只打算生下两个，你们两个，你和海伦——孩子两个，一个好看的、整齐的、理性的数字，它足以向世界证明父母并不自私，并未对未来提出超过他们公摊份额的要求。现在一切都太晚了，但我希望我有许多孩子。我很想看到孩子们在街上奔跑的情景（你有没有注意到没有孩子的村子，就像我现在居住的这一座，是多么死气沉沉？）——孩子、小猫、小狗和其他小动物在一起，它们一大群，一群又一群，多好。

"在存在的边界——我是这么想象的——全都是些幼小的灵魂，猫的灵魂、鼠的灵魂、鸟的灵魂、未出生的婴儿的灵魂，他们挤成一堆，恳求进来，恳求投胎。而我想让他们进来，全都进来，哪怕只是待个一两天，哪怕只是为了让他们能够向我们这个美丽的世界投去匆匆一瞥。说到底，我有什么资格拒绝他们投胎的机会?"

"那画面很美。"他说。

"是的,画面是很美。继续。你还想说什么?"

"画面虽美,可谁来喂养他们?"

"上帝会喂养他们的。"

"没有上帝,妈妈。你知道这个。"

"是的,没有上帝。可至少,在我所期望和祈祷出现的世界里,每一个灵魂都有机会。不会再有未出生的生物在门外,哭喊着要进来。每一个灵魂都将轮流品尝生命这一无可比拟的最甜美的甜。那样我们便终于能够抬起头,我们掌握了生死,掌握了宇宙。我们不用再拦住大门,说:抱歉,你们不能进来,我们不需要你们,你们太多了。欢迎,现在我们可以这样说了,请进,我们需要你们,每一个都需要。"

母亲这种狂热的情绪让他不太适应。所以他等着，给她机会让她重返人间，平复自己。可是没有，那种情绪没有离开她：她嘴唇上的笑意，那热情的容光，那似乎看不见他的入神的凝视都是证明。

"就我自己而言，"他终于还是开了口，"我承认，要是我不止一个姐姐肯定是件好事。不过，困扰我的问题是：如果你不得不养大十几个而不是两个孩子，那么海伦和我现在会在哪里呢？你如何负担得起昂贵的学费，以让我们获得如今有幸得到的高薪工作和舒适生活？我难道不会从小就被打发去铁轨边捡煤块，或是去田野里挖土豆吗？海伦难道不会必须出去擦地板吗？你自己又会怎样呢？要是有那么多孩子吵闹着争夺你的注意力，你怎么还会有时间思考那些深沉的问题，写书并成为知名作家呢？不，妈妈，要是有的选，在富裕的小家庭和穷困的大家庭之间,我永远都会选择前者。"

"你看待世界的方式多怪啊,"母亲沉吟道,"你还记得昨晚你见过的那个巴勃罗吧?他有许多兄弟姐妹,可他们全都去大城市了,把他一个人留在这里。巴勃罗身陷困境时,来帮他的不是兄弟姐妹,而是我这个外国女人,养着猫的老女人。兄弟姐妹不一定会彼此相爱呀,我的孩子——我还不至于天真到这个地步。

"你说让你在当大学教授和农场工人之间选择,你会选大学教授。可是生活并不是由选择组成的。你错就错在这儿。巴勃罗未出生之前并未面临这样的选择:去当西班牙国王,还是去做个乡村白痴。他来到人间,睁开他那双人类的眼睛环顾四周,瞧啊,他身在圣胡安·奥比斯波村,他是卑贱的人中最卑贱的那一个。将生活看成一系列有待解决的问题,看成一系列有待做出的选择：这一看待生活的角度多么古怪！"

当他母亲处于这种情绪时，同她争论是徒劳的，不过他还有一击。"尽管如此，"他说，"尽管如此，你还是选择介入村庄的生活。你选择守护巴勃罗，不让他接受社会福利制度的救助。在村里的猫面前，你选择扮演拯救者的角色。而你原本可以做出完全不同的选择。你原本可以坐在书房里凝视窗外，写下关于西班牙乡村生活的幽默小品文，再寄给杂志社发表。"

他母亲不耐烦地打断了他："我知道什么是选择，不需要你来告诉我。我知道选择有所作为是什么感觉。我更清楚选择不作为是什么感觉。我可以选择写你说的那些愚蠢的小品文。我可以选择不与村里的猫打交道。我完全明白在深思熟虑中做出决定是什么体会和滋味。而我所说的另一种方式不是选择。它是一种顺从。它是一种放弃。它是一种不带任何'不'的'是'。这层意思你能懂就懂，不能懂就不懂。我不打算再解释自己了。"她站了起来，"晚安。"

这是他待在圣胡安的第二个夜晚，上床时他戴了羊毛帽，穿着毛衣、裤子和袜子，所以睡得比前一夜好了些。当他走进厨房找早餐吃时，他的心几乎感到明朗。他无疑是饿了。

厨房里透着令人愉悦的明亮和温暖。老式铸铁炉灶里传来轻快的噼啪声。巴勃罗坐在炉灶边的摇椅上，膝盖上搭着一小块毯子，他戴着眼镜，似乎在看报。"早上好。"[1]他对巴勃罗说。"早上好，先生。"[2]巴勃罗

---

1 原文为西班牙语。

2 原文为西班牙语。

回应道。

他母亲似乎并未起床。这让他有些惊讶,母亲向来喜欢早起。他给自己泡了咖啡,倒了麦片和牛奶。

现在他看得更清楚了,巴勃罗不是在看报,而是在整理一大堆剪报。大部分报纸都被小心翼翼地折好,放进一个在他脚边地板上敞开着的小纤维板箱子里,还有些报纸则被他留在了膝盖上。

想起母亲转述的巴勃罗的事迹,他便猜想剪报上都是些衣着暴露的女人。仿佛感受到了他的非难,巴勃罗举起一张剪报给他看。"是教皇。"[1]他说。

那是一张约翰·保罗二世[2]的照片,他身着白袍,

---

1 原文为西班牙语。
2 约翰·保罗二世(John Paul II,1920—2005),也译作若望·保禄二世,系第 264 任天主教教皇,是第一位波兰裔及斯拉夫裔教皇。

坐在御座上身体前倾，举起两根手指以示祝福。

"很好。"[1]他对巴勃罗说，说完便点头微笑。

巴勃罗又举起一张照片，还是约翰·保罗。他再次微笑。他心想，巴勃罗是否知道这位波兰教皇已经去世了，如今坐在御座上的是一个德国人？消息多久才会传到这座村子？

巴勃罗没有回以微笑，不过他张开嘴唇，露出了牙齿。他的牙齿很细，又小又多，以至于让他想起鱼的牙齿。它们看上去像是涂上了一层白膜，那层膜又厚又黏，不可能是唾沫。他告诉自己，要是一个人一年到头不刷牙，牙齿准会变成这样。他立刻感到一阵恶心，再也吃不下去了。拿餐巾擦了擦嘴后，他起身，说了声

---

1 原文为西班牙语。

"斯古兹"[1]，接着便离开了厨房。

斯古兹，用错了，这是意大利语。当你有歉意却不忍直视你的谈话对象时，在西班牙语里该怎么说呢？

"他洗澡吗？"他问他母亲，"我注意到他不刷牙。离他这么近，真不知道你怎么受得了。"

母亲笑得很开心："是啊，试想一下和他做爱是什么感觉。不过话说回来，男人一般都不在意自己身上的气味。不像女人。"

他们坐在那个小小的后花园里，就他们俩，晒着有些苍白的阳光。

"那个——我不知道我理解得对不对，"他说，"这

---

[1] 原文为意大利语，意思是"抱歉"。

个人就是你这套西班牙房产的继承人了？这样做明智吗？你一离开他就把猫全部轰走，你怎么确保他不会这么干？"

"我怎么能信任巴勃罗？我们又怎么能信任任何人呢？不过我想我可以建立一个信托基金，巴勃罗可以按月从中领取薪水，然后雇一个代理人做些突击检查，看看巴勃罗是否履行了他的职责。不过这样一来就太像卡夫卡的《城堡》了——你不觉得吗？不，那些猫必须把赌注押在巴勃罗身上。要是巴勃罗被证实是一个坏蛋，那它们就不得不回到野外，靠捕猎糊口度日。先是在仁慈的伊丽莎白女王的统治下度过了梦幻般的富足岁月，接着便来到了邪恶的巴勃罗国王统治下的黑暗时期：如果你像大多数动物那样泰然自若的话，你会耸耸肩告诉自己，世界就是这么运行的，接着便继续讨生活。"

"不过，妈妈，认真说一句，如果你离开村子时想让它变得比你来时更好，找一个合法的信托机构难道不是一个好主意吗？不是负责监督巴勃罗诚信与否，而是照顾无家可归的动物的信托机构？这个钱你也付得起。"

"照顾……小心啊，约翰。在某些圈子里，照顾的意思是解决，是人道毁灭。"

"我说的'照顾'不是委婉语——指的就是它的本义。给它们提供住所，喂养它们，当它们年老生病时照看它们。"

"我会考虑的，虽然我必须说我偏爱更简单的选择。就是说，把我的祝福留给巴勃罗，提醒他喂养那些猫。这样安排也是为他着想，尽管你可能觉得他不怎么讨人喜欢。我要让这个此前从未被人信任过的人知道还是有人信任他的。也许我还会给教皇写封信，请他照看一下他的仆人巴勃罗。也许这样做会奏效。你肯定也注意到了，巴勃罗对教皇很忠诚。"

这天是周六，也是他离开的日子，他要开车去马德里，再赶飞机回美国。

"再见，妈妈，"他说，"很高兴有机会在你的深山幽居地同你见上一面。"

"再见，我的孩子。向孩子们和诺玛传达我的爱意。我希望你的这次长途跋涉能有所收获。可是，嘘！"——她举起一根食指，但并没有真的摁在他的嘴唇上，那不符合她的规矩——"你不必告诉我，你只是在履行你的职责，我知道的。一个人履行自己的职责是没有错的。维持世界运转的是职责,而不是爱。爱是好的,我知道,是不错的奖金。可不幸的是,它并不可靠,并非总是在流动。

"不过,去跟巴勃罗说声再见吧。巴勃罗喜欢被视为自己人。对他说上帝与你同在[1]。这是一句传统的告别词。"

他朝厨房走去。巴勃罗待在老地方,炉灶边的摇椅上。他伸出一只手。"再见[2],巴勃罗,"他说,"上帝与你同在。"[3]

巴勃罗站起身,拥抱他,在他两边脸颊上各亲了一下。他能听见巴勃罗张开嘴唇时唾液破裂的细小声

---

1 原文为西班牙语。
2 原文为西班牙语。
3 原文为西班牙语。

音，闻见他口气中可怕的腐臭味。"上帝与你同在，先生。"[1]巴勃罗说。

---

[1] 原文为西班牙语。

Lies

谎言

2011 年

{ 6 }

Moral Tales

J.M. Coetzee

亲爱的诺玛:

我在圣胡安,在此地唯一的一家旅馆里给你写信。今天下午我去看望了母亲——沿一条曲折的公路开了半个小时车才到她的住处。她的身体就像我担心的那样糟糕,甚至更糟。不拄拐她都走不了路,即使拄拐,她也走得很慢。从医院回来后,她都没法爬楼梯了。她睡在起居室的沙发上。她想要叫人把床搬到楼下,可别人告诉她那床是在原地[1]定做的,没法搬动,除非先把它拆成一块块木板。(珀涅罗珀——我是说荷马笔下的珀涅罗珀——是不是也有这样一张床?)

她的书和文件都在楼下——楼下没有存放的空间。

---

1 原文为拉丁语。

她烦躁不安，她说她想回书桌上工作，却没法做到。

有个叫巴勃罗的男人在院子里帮忙。我问谁负责买东西。她说她就靠面包、芝士以及院子里长出来的蔬菜过活，不需要别的东西。尽管如此，我问，你就不能从村里找个女人来帮忙做饭、打扫卫生吗？她根本就听不进去——她说，她和村里的人不相干。我又问，那巴勃罗又怎么说？难道他不是村里的人？她就说，照顾巴勃罗是她的责任，巴勃罗不属于村庄。

就我所知，巴勃罗就睡在厨房里。他的脑子不转，脑瓜不灵，或是随便什么其他的婉辞吧。我是说，我觉得他是一个白痴，一个呆子。

我没有提出那个核心的问题——想说，但没有勇气。明天见她时，我会提的。我不能说我很有把握。她对我一直很冷淡。对于我此行的目的，我猜，她已经了然于心。

睡个好觉。代我向孩子们问好。

约翰

"妈妈,我们能讨论下你的生活安排吗?我们能不能谈谈将来的生活?"

他母亲,坐在那把古板的老扶手椅上——这把椅子同那张无法移动的床无疑出自同一个木匠之手——一言不发。

"你一定知道海伦和我很担心你。你已经重重地摔了一跤,再摔一次只是时间问题。你已经不年轻了,一个人住在和邻里关系欠佳的村子里,住在这栋有着陡峭楼梯的房子里——坦白讲,这种生活方式看起来是没法继续下去的,再也维持不下去了。"

"我不是一个人生活啊,"母亲说,"巴勃罗和我一起。我有巴勃罗可以依靠。"

"是的,巴勃罗同你住在一起。可是,要是有了紧急情况,巴勃罗真的靠得住吗?你上次摔跤,巴勃罗帮上忙了吗?要是你没能给医院打电话,你今天又会在哪儿呢?"

话一出口,他便知道自己说了不该说的话。

"我会在哪儿呢?"他母亲说,"你似乎已经知道答案了,干吗还问我?在地底下,被虫子吞食,大抵如此吧。我是不是就该这么回答?"

"妈妈,请讲讲道理吧。海伦已经实地考察了一番,定了两处离她住处不远的地方,你在那里将得到很好的照料,海伦和我都相信你会有回家的感觉。我跟你讲讲那两个地方,好吗?"

"两个地方。你说的地方是不是指养老院？我待在养老院会有回家的感觉？"

"妈妈，你怎么叫它都无所谓，你可以嘲笑海伦或是嘲笑我，但这些都不会改变事实——生活的事实。你已经出了一次严重的事故，正在遭受这次事故带来的影响。你的身体状况不会变得更好了。相反，极有可能变得更糟。你有没有想过，在这座被神遗弃的村子里卧床不起而身边又只有巴勃罗照看你，会是怎样的情景？你有没有想过海伦和我明知你需要照料却又爱莫能助时是什么心情？我们不可能每个周末都飞个几千公里跑来这儿，不是吗？"

"我可没指望你们这么做。"

"你没指望我们这么做，可眼下我们必须这么做，如果一个人爱另一个人，他就会这么做。所以就当帮我一个忙，静静地听我给你讲一下备选方案吧。明天、后天或大后天，你我一起离开这个地方，开车去尼斯，去海伦家。离开前，我会帮你把所有对你重要的东西、所有你想留下的东西打包好。我们会把行李全都装进箱子，等你安顿好了就运走。

"到了尼斯，海伦和我会带你去看看我刚提到的两处住所，一处在昂蒂布，另一处就在格拉斯边上。你可以过去瞧瞧，感受一下。我们不会给你压力的，任何压力都不会有。要是这两个地方你都不喜欢，也没事，你可以和海伦待在一起，等我们再去找找更合适的地方，时间有的是。

"我们只是希望你能幸福，幸福又平安，我们做这一切的目的就是这个。我们想要确保，发生意外的时候，你身边能有个照应，能得到照顾。

"我知道你不喜欢养老院，妈妈。我也不喜欢。海伦也不喜欢。可我们的生活总会走到这一步：必须在我们想要的理想生活和对我们有利的生活之间，在独立和安全之间做出一个妥协的选择。在西班牙这里，在这座村子、这栋房子里，你一点安全保障都没有。我知道你不同意，可这是残酷的现实。你可能会生病，而没有一个人知道；你可能再摔一跤，躺在地上不省人事，或是摔断胳膊、腿；你可能会丧命。"

他母亲轻轻挥了一下手，像是在否认这些可能性。

"海伦和我推荐你去的两个地方和过去的收容所可不一样。它们设计优美，监管有方，运行良好。费用之所以昂贵，是因为它们确实会为客户的利益下血本。你付了钱，然后得到一流的照顾。要是钱不够的话，海伦和我会很乐意帮忙的。你会有一套属于自己的小公寓房。而在格拉斯，你还能有一个属于自己的小花园。你可以在餐厅里吃饭，也可以把饭带到你的房间里吃。这两个地方都有健身房和游泳池。医务人员一直都在你身边，还有理疗师。那里或许不是天堂，但对于你这种状况的人而言，已经近乎完美了。"

"我这种状况，"母亲说，"那你倒是说说，按你的理解，我是哪种状况？"

他气愤地举起了手。"你真的想让我说出来吗？"他说，"你真的想让我说出那些话？"

"是的。就当是换换口味，当成一种预演，告诉我真相吧。"

"真相就是你已是需要照顾的老妇人。而像巴勃罗这样的人是没法照顾你的。"

母亲摇摇头："不是那个真相。告诉我另一个真相，真正的真相。"

"真正的真相?"

"是的,真正的真相。"

亲爱的诺玛:

"真正的真相":这是她所要求或者说乞求的。

她很清楚真正的真相是什么,我也一样,所以讲出来应该不难。这次我太气愤了——大老远跑过来尽孝,但不管是你、海伦还是我都不会得到任何答谢,此生是不会得到的。

可是我不能。我没法当着她的面说出此刻我毫不费力就能向你写下的句子:真正的真相是你快死了。真正的真相是你的一条腿已经迈进坟墓。真正的真相是在这世上你已陷入无助，而明天你会变得更加无助，如此日复一日，总有一天你再也得不到任何帮助。真正的真相是你没有资格谈判。真正的真相是你不能说不。你不能向钟表的嘀嗒声说不。你不能向死亡说不。当死亡说"来吧"，你只能低着头去报到。所以，接受吧。学着说是。抛弃你在西班牙给自己找的这个住处，留下你熟悉的那些东西，来住进——是的——一家养老院，在那里，来自瓜德罗普[1]的护士会端着一杯橙汁，用愉快的问候（多么美好的一天呀，科斯特洛女士！[2]）喊你起床。——当我这么说时，不要皱眉，不要固执己见。说，是。说，我同意。说，我就交给你了。尽人事，听

---

1 瓜德罗普是法国的海外省，位于加勒比海小安的列斯群岛中部。
2 原文为法语。

天命。

亲爱的诺玛,总有一天,你和我也需要被告知那个真相,那个真正的真相。那么,我们能不能立下一个约定呢?我们能不能承诺不向对方撒谎,不管那些话有多难说出口,我们也还是要把它们说出来——情况不会再好转了,只会越来越糟,而且会持续变糟,直到不可能变得更糟,直到变得最糟?

爱你的丈夫
约翰

The Glass Abattoir

玻璃屠宰场

2016—2017年

{7}

Moral Tales

J.M. Coetzee

[一]

凌晨时分，他被电话铃声吵醒。是他母亲打来的。他现在已经习惯这些深夜打来的电话了：母亲有着奇怪的作息时间，便以为世上其他人的起居时间和她一样异乎寻常。

"建一个屠宰场，约翰，你觉得要花多少钱？不是那种大型的，就造一个样板间，演示用的。"

"演示什么呢？"

"演示屠宰场里发生的事，也就是屠杀。我忽然想到，人们之所以能容忍对动物的屠杀，只因为他们从未见过任何宰杀现场。从未见过、听过、闻过。我忽然想到，要是有一间开在城市中央的屠宰场，里面的一切人人都能看见、闻见、听见，那么人们也许会改变他们的态度。一间玻璃屠宰场，有玻璃墙面的屠宰场。你觉得怎么样？"

"你是说造一间真正的屠宰场，真有动物在里面被宰杀，遭受真正的死亡？"

"是的，全程都是真的。作为一种演示。"

"我觉得你拿到建造这个东西的许可证的机会几乎为零。且不提人们并不想知道餐盘上的食物来自何处这一事实，你如何处理血的问题呢？切开动物的喉咙后，血会喷溅出来，又黏又脏，还会招来苍蝇。没有哪个地方当局会忍受他们的城市血流成河。"

"不会血流成河啊。那只是一间用作展示的屠宰场。每天都只杀几个动物。比如一头牛，一头猪，六七只鸡。可以同附近的餐馆合作，现杀现卖。"

"别想了，妈妈。你这个想法是不可能落地的。"

三天后，他的邮箱里收到了一个包裹。里面有一大堆纸张：从报纸上剪下来的新闻；一些复印件；一个贴有母亲手写的标签的日记本，标签上是"日记1990—1995"；一些装订在一起的文件。包裹上有一则简短的说明："你有空的时候帮我瞧瞧这堆东西，然后告诉我你有没有觉得可以用这些东西做出点什么来。"

其中一份文件题为《玻璃屠宰场》。文章以一则引文开头：

> 在中世纪和近代社会早期，城市的管理者尝试禁止在公共场所屠宰动物。他们将屠宰场视为一种令人不快的滋扰，并且多次尝试将它们全都赶到城墙外。
>
> ——基思·托马斯[1]

---

[1] 基思·托马斯（Keith Thomas，1933— ），威尔士历史学家。

令人不快的滋扰这几个字下面画有横线。

他浏览了一下这份文件。它包含了一份附有布局图的屠宰场设计计划书，比母亲在电话里提到的要更详尽。订在布局图上的是些衣架状建筑物的照片，这些建筑估计就是现如今的屠宰场。中景的位置有一辆运送牲畜的卡车，空着，没有司机。

他打电话给他母亲。他这边是下午四点，母亲那边是晚上九点：一个对两个人来说都合情合理的时间。"你寄的文件已经到了，"他说，"你能不能告诉我该怎么处理它们？"

"寄文件时我正处于恐慌之中，"他母亲说，"我突然想到要是我明天死了，某个从农村来的无知的清洁女工可能会把我书桌上的东西全都扫走，一把火烧掉。所以我决定把它们打包好寄给你。你可以不用管了。我已经不再恐慌了。人上了年纪后，恐惧感忽然来袭再正常不过了。"

"所以，妈妈，你是说没有什么问题，没有什么我应该知道的事？这一切只是一阵恐惧感来袭？"

"是的。"

[二]

当天晚上，他取出那本日记翻了翻。最前面几页是一篇题为《吉布提，1990年》的文章。他坐下读了起来。

"我在非洲东北部的吉布提，"他读道，"有一回逛集市，我看到了一个年轻人，和这块土地上的大多数人一样，他的个头很高。他裸着上半身，怀里抱着一只漂亮的小山羊。这只纯白色的山羊平静地坐在男人身上，环顾四周，享受着骑乘。

"集市摊位后面有一块地方，其地面和石头都被鲜血染成了暗红色，几近全黑。那里成了不毛之地，没有一株杂草，也没有一片青草叶。那是个用来宰杀山羊、绵羊和家禽的屠宰场。而那个男人正要将他的山羊带进这个屠宰场。

"我没有跟着他们走。因为我知道会发生什么，我已经见识过了，不想再看一次。那个年轻人会冲其中一个屠夫招手，后者将从他的手中接过小山羊，紧紧箍住四条腿，将它摁在地上。年轻人则会从那把拍打着大腿的刀鞘中抽出刀具，干脆利落地切开山羊的喉咙，然后看着它全身颤抖、鲜血直流。

"当那只山羊终于不再动弹后,年轻人会砍掉他的头,切开他的腹腔,掏出他的内脏放到一个由屠夫端着的锡盆里,再从他的踝关节穿一根金属丝过去,挂到一边的杆子上,剥掉他的羊皮。接着,他会把他切成两半,带上这两扇羊肉和那颗睁着一双沉滞眼睛的羊头,朝集市走去。运气好的话,羊的遗体可以卖出九百吉布提法郎或是五百美元。

"买肉的人把它带回家后,两扇羊肉会被切成小块放到煤炭上烤,羊头则会被放进大锅里煮。不能吃的主要是骨头,会扔给狗吃。而这就是他的结局。那只山羊生前度过的那些骄傲的日子将无迹可寻,就仿佛他从未存在过一样。除了我—— 一个在他赴死的路上碰巧看见他,也被他看见的陌生人——没有人还会记得他。

"那个至今都没有忘记他的陌生人,现在想对他的鬼魂问两个问题。首先：那天早上被抱去集市的路上，在主人的怀里，你都在想些什么呢？你真的不知道他要将你带向何处吗？你闻不到血腥味吗？你为什么不尝试逃跑呢？

"而第二个问题是：你觉得那个年轻人在带你去集市的路上都在想些什么呢——毕竟从你出生的那天起，他就认识你，毕竟你是他每天早上都要带出去觅食、到了晚上又带回家的羊群中的一只？他有没有为将要对你做的事低声道歉呢？

"我为什么要问这些问题呢？因为我想了解你和你的兄弟姐妹怎么看待你们的祖先在许多世代以前同人类达成的交易。根据这项交易，人类许诺保护你们不受狮子、豺狼等天敌的侵害。作为回报，你们的祖先则答应，时间一到，他们就会把自己的身体交给保护他们的人吃掉。而且，他们的子孙世世代代都得这么做。

"在我看来，这是一笔糟糕的交易，对你的族群来说，代价太过沉重。如果我是一只山羊，我更愿意在狮狼之口下求生。但我不是山羊，不知道山羊是如何思考问题的。也许山羊是这么想的：或许我能躲过落在我父母和祖父母头上的命运。也许山羊的思路便是活在希望之中。

"又或者，山羊的大脑并不运转。我们必须认真考虑这种可能性，正如某些哲学家——人类的哲学家——所做的那样。哲学家说，严格说来，山羊并不会思考。不管山羊有着怎样的心理活动，假使我们可以进入其中的话，那对我们而言也是不可辨认、极其陌生、无法理解的。希望、期待、预感——山羊并不具备这些精神形式。看到刀具出鞘，山羊会踢腿挣扎直到最后一刻，这并不是因为他忽然意识到自己快没命了，而只是对那强烈的血腥味，对抓住他的腿、摁住他的陌生人所做出的简单的厌恶反应。

"如果你不是哲学家，当然很难相信一只山羊，一个在诸多方面看上去都与我们相似的生物，能够自始至终不假思索地度过自己的一生。由此带来的一个结果是，一旦涉及屠宰场的事宜，我们这些文明的西方人总是竭尽全力推迟那山羊、绵羊、猪或牛发现真相的时间，努力不让它受惊，直到最后，当他踏上那块杀戮之地，看见那个身上溅有鲜血的、持刀的陌生人，才不可避免地惊恐起来。我们设想的理想情形是先将那牲畜打晕，让它无力思考，这样它就永远不会明白正在发生的事。这样它就意识不到偿命的时间到了，履行那项包含它在内的古老交易的时间到了。这样它在大地之上的最后时光就不会充满怀疑、惶惑与恐惧。这样它就如人们所言，死得'毫无痛苦'。

"在豢养的家畜中，我们习惯将公的阉掉。不打麻醉阉割要比割喉痛得多，疼痛持续的时间也长得多，但没有人会为阉割表演歌舞。那么，是什么让我们觉得死亡的痛苦是无法接受的呢？更具体地说，既然我们打算弄死对方，为什么又希望对方能免于痛苦？除了死亡本身，我们无法接受的那种致死的痛苦是什么呢？

"英语里有个词叫*神经质的*（squeamish），我的西班牙语词典将其译为*敏感的*（impresionable）。在英语里，神经质的与心软的形成了一组对比。一个不愿意看到甲虫被踩碎的人可以被描述为'心软'或'神经质'，这取决于你是欣赏那个人对甲虫的同情，还是认为这种念头很蠢。屠宰场里的工人讨论那些关注动物福利、主张动物临终前应当没有痛苦和恐惧的人时，用到的词是'神经质'，而不是'心软'。他们大多蔑视这些动物权利保护人士，横竖都是死，屠宰场的工人说。

"你希望满是痛苦和恐惧地度过自己生命中的最后时刻吗？动物权利保护人士质问那些屠宰场工人。我们不是动物，屠宰场工人则回答道，我们是人类。这不是一回事。"

[三]

他将日记放到一旁，开始翻阅其他文件，大部分看上去都是评述不同作家的书评或随笔。最短的一篇名为《海德格尔》。他从未读过海德格尔，但他听说他的书极其晦涩。关于海德格尔，他母亲会说些什么呢？

"谈到动物时，海德格尔察觉到它们进入世界的途径是有限的，甚至是被剥夺的，他用到的德语词汇是arm，也即'贫乏的'。这种贫乏是绝对意义的，并不是与我们人类相比才显得贫乏。尽管海德格尔是就一般意义上的动物而言的，但有理由相信，当他做出这一评述时，他想到了诸如虱子和跳蚤这样的生物。

"借由贫乏的一词，他似乎想要表明与我们的世界经验相比，动物的世界经验必然是有限的，因为它们不能自主行动，而只能对刺激做出反应。虱子的感官也许可以运转，但只能对特定的刺激有反应，比如空气中的臭气或地面的颤动（这表明有恒温动物靠近）。而对于世界的其余部分，虱子的反应可能是既聋又哑的。这便是为什么在海德格尔的术语里,虱子是贫乏于世的[1],即缺乏世界的。

"我又如何呢?我可以将自己的感知方式代入狗的存在,或者说我相信我可以。但是我能代入虱子的存在吗?当虱子竭力去闻、去听它所渴求之物的临近时,我能分享其意识中的那份紧张吗?我是否想要跟从海德格尔的指引,在虱子那有着刺激而专一的精神强度的意识与我那不间断地从一个物体滑向另一个物体的分散的人类意识之间做一番比较?何者更好?我更喜欢哪一个?海德格尔本人又会偏爱哪一个呢?

"当汉娜·阿伦特还是他的学生时,海德格尔同她

---

[1] 原文为德语 weltarm。海德格尔在《形而上学的基本概念》一书中提出了三个著名的命题:1. 石头是没有世界的(weltlos);2. 动物是缺乏世界的(weltarm);3. 人是建造世界的(weltbildend)。

有过一段众所周知或者说臭名昭著的恋情。在那些残存下来的他写给她的信中，对于他们的亲密关系，他只字未提。尽管如此，我还是想问：如果不是为了在灭绝前感受意识将自身集中于那刺激而专一的精神强度的瞬间，海德格尔想通过汉娜或其他情妇寻求什么呢？

"我尝试公正地对待海德格尔。我试着向他学习。我尝试理解他那深奥的德语词汇和晦涩的德国思想。

"海德格尔认为，对于动物（如虱子）而言，构成世界的一方面是那些特定的刺激物（气味、声音等），另一方面则是所有那些不是刺激物，因而也可能并不存在的事物。基于此，我们可以认为动物（虱子）是受奴役的——奴役它们的不是气味和声音本身，而是对在靠近时会发出气味和声音信号的血的食欲。

"完全被食欲奴役显然不符合高级动物的实际情

形，它们对周遭世界的好奇心远远超出了使其有食欲的对象。但我想要避免谈到高级和低级。我想要弄明白海德格尔这个人，我像蜘蛛一样，朝他撒下了一张由我的好奇心织成的网。

"因为受其食欲的奴役，海德格尔说，动物不能在世界之中和世界之上行动，确切地说：它只能表现，而且只能在由其感官的限度、其感官抵达的范围所限定的世界之内表现。动物无法将他者理解为自身，无法在自身之中理解他者；他者也永远无法如其所是地向动物揭示自身。

"为什么我每次（像蜘蛛一样）撒出自己的思想、试图理解海德格尔时，我都看到在符腾堡某个下雨的周四下午，他同他那血气方刚的学生躺在床上，两个人都光着身子躺在一床宽大的德国羽绒被之下？交配已经结束，他们并肩躺下，她在倾听，而他喋喋不休，谈论着对动物而言，世界要么是一个刺激物，是地面的一次颤动或一股汗水味，要么就什么也不是，是空白或不存在。他谈论，她聆听，满怀对其老师兼情人的真心，尝试理解他。

"只有对我们，他说，世界才如其所是地揭示自身。

"她转向他，爱抚他，忽然之间，他又开始充血了。他对她欲罢不能，他不可抑制地想要吃掉她。"

没了。他母亲写的论海德格尔的三页文章就这么戛然而止。他将那些文件翻了个遍，也没有找到第四页。

他一时冲动给母亲打了电话："我刚读完了你写的论海德格尔的文章。我觉得很有趣，可它是什么呢？小说吗？还是某部弃稿的片段？我能拿它做些什么呢？"

"我觉得你可以称它为弃稿,"他母亲答道,"它一开始是严肃的,后来就变味了。我现在写东西总是会遇到这个问题。开头讲一件事,结尾却岔到另一件事上去了。"

"妈妈,"他说,"你很清楚,我不是作家,也不是研究海德格尔的专家。如果你寄给我一则关于海德格尔的故事,然后希望我告诉你如何处理它,我只能抱歉地说,我帮不上忙。"

"可是你不觉得那里面有着某种思想的萌芽吗?这个人认为虱子的世界经验是匮乏的,甚至比匮乏更糟糕,他认为除了在等待血源到来时不停地嗅着空气,虱子对世界没有任何意识。然而,他本人却渴求着那些将自己对世界的意识缩减至无、将自己迷失在无须思考的肉欲狂欢之中的销魂时刻……? 你难道没看出这里面的讽刺意味吗？"

"是的，妈妈。我看出了你的讽刺。可是你提出的观点难道不是老生常谈吗？让我给你讲讲吧。与昆虫不同，我们人类有着分裂的本性。我们既有动物的欲望，又有理性。我们想过一种理性的生活——海德格尔想过理性的生活，汉娜·阿伦特也想过理性的生活——可有时候我们就是做不到，因为我们不时会被欲望征服。我们被征服时，选择了让步，我们投降了。随后，当欲望被满足后，我们又恢复了理性的生活。除此之外，还有什么可说的呢？"

"这得看情况，我的孩子，得看情况。我们，你和我，能不能像成年人那样说话呢？我们都知道感官生活意味着什么，不是吗？"

"你接着说。"

"想想我们正在讨论的那些时刻,那些你与你真正的爱人、你真正欲求的对象共处一室的时刻,再想想那结合的时刻。那一刻,你所谓的理性在哪儿?它被完全抹除了吗?在那一刻,我们是否与吸满血的虱子毫无区别?又或者,在这一切的背后,理性的火花仍在闪烁,仍未熄灭,它在等待时机,以期再次熊熊燃烧,它在等待你将身体从爱人的身体上挪开并恢复你自己的生活?如果是后者,当身体不受控制、自娱自乐之际,那理性的火花对自己做了什么呢?它是否急切地等着再次彰显自己,还是说正好相反,它满怀忧伤,想要熄灭和死去,却不知道该怎么做?因为——就像一个成年人会对另一个成年人所讲的那样——不正是那经久不息的小小的理性之闪光、合理性之闪光,在抑制我们通向顶点吗?我们想要融入自身的动物本能之中,却做不到。"

"因此呢？"

"因此我认为马丁·海德格尔这个人，这个想要为自己是人类即 ein Mensch 而感到骄傲，这个告诉我们他是如何建造其世界，即 weltbildend，而我们也能像他那样 weltbildend 的人，实际上却并不能完完全全肯定自己想要做人。在某些时刻，他也不由得怀疑，从更大的视角来看，是否做一条狗、一只跳蚤，将自己交给存在之流会更好。"

"我已经跟不上你了。存在之流，那是什么意思？解释一下吧。"

"就是急流，洪水。关于这种存在之流的经验是什么，海德格尔有所暗示，但他选择了拒绝。他甚至称之为匮乏的世界经验。在他看来，匮乏是因为那些经验没有变化。多可笑啊！他坐在他的书桌前写啊写。

Das Tier benimmt sich in einer Umgebung, aber nie in einer Welt：动物在环境而不在世界之中行动（或表现）。他停笔了。有人在敲门。这是他写作时一直留心在听的敲门声，他对这声音很敏感。汉娜！我的爱人！他把钢笔扔到一边。她来了！他的心肝来了！"

"然后呢？"

"没了。我没法把它再往前推进哪怕一步。我寄给你的所有东西都是这个样子。我无法往下多写一步。我心中缺少了某种东西。我以前总是能将想法往前推演，现在却似乎失去了这种能力。齿轮卡住了，灯光正在熄灭。我过去曾依靠的那套将我带向下一步的机器似乎已经不再运转。不过不必惊慌。这很自然——大自然用这种方式告诉我是时候回家了。

"这是马丁·海德格尔不曾想过要反思一下的另一

种经验：死去的经验，在世界缺席的经验。这是一种自成一体的经验。如果他在这里，我可以跟他讲讲这个——至少可以讲讲它的早期表现。"

[四]

一天后，他又翻开母亲的日记本，这次他把目光停在了最后一则日记上，时间是 1995 年 7 月 1 日。

"昨天我去听了一个人的讲座，他叫加里·斯坦纳[1]，讲的是笛卡儿哲学及其对我们——尤其是我们中受过教育的人——思考动物的方式的持续影响。（人们记

---

[1] 加里·斯坦纳（Gary Steiner, 1956—　），美国哲学学者，巴克内尔大学教授，研究方向为动物伦理学和 19 世纪到 20 世纪的欧陆哲学。

得，笛卡儿说过人类有理性的灵魂而动物没有。由此可知，动物有感受痛苦的能力却没有受苦的能力。据笛卡儿讲，痛苦是一种能够引发哭泣或怒吼等自动反应的不愉快的身体感知；而受苦则是另一回事，它更高级，是人类层面的事。）

"本来我觉得这个讲座很有意思，斯坦纳教授接下来却讲起了笛卡儿解剖实验的细节，这忽然让我感到再也没法听下去了。他描述了笛卡儿在一只活兔子身上做的实验，我估计那只兔子是被绑到或钉在木板上了，这样它就不会乱动。笛卡儿用解剖刀切开了兔子的胸腔，一根根剪断兔子的肋骨后再将它们挪开，露出那颗跳动的心脏。接着他在心脏上划了一个小口子，这样在心脏停止跳动前，有那么一两秒钟，他可以观察用以泵送血液的瓣膜系统。

"斯坦纳教授的话我听着听着就听不下去了。我的思绪飘到了别处。我很想跪下来，可那是一个演讲厅，座位挨得很近，没地方可以下跪。我一面对邻座的人说'借过，借过'，一面走出了讲堂。在无人的大厅里，我终于可以跪下来请求原谅了，代表我自己，代表斯坦纳先生，代表勒内·笛卡儿，也代表我们所有这些谋杀犯。一首诗歌，一则古老的预言在我耳边响起：

一条狗饿死在主人门下
预示一个国家的崩塌。
一匹马在路上被虐待
呼吁天国以人血还债。
野兔被捕猎时的声声悲鸣
撕扯着脑中的每一根神经……

谁将一只小鹪鹩伤害
谁就不该受人爱戴……
飞蛾不打,蝴蝶不杀
只因最后的审判就在眼下。

A dog starved at his master's gate
Predicts the ruin of the state.
A horse misused upon the road
Calls to heaven for human blood.
Each outcry from the hunted hare
A fibre from the brain does tear...
He who shall hurt the little wren
Shall never be beloved by men...
Kill not the moth nor butterfly

For the Last Judgment draweth nigh.[1]

"最后的审判！笛卡儿的兔子，那只在三百七十八年前的今天为科学事业而殉道，自其胸腔被剖开的那天起就身在上帝手中的兔子，会对我们显现出怎样的怜悯呢？我们应该得到怎样的怜悯？"

他，约翰，作为那位于1995年7月下跪并祈求原谅，之后又写下这些他刚读完的文字的女人之子，取出了自己的笔。在其中一页的底部，他写道："一个关于兔子的事实，已被科学证实。当狐狸的下颚靠近兔子的脖子时，兔子会陷入休克。大自然就是这么安排的，或者说上帝——如果你更愿意谈论上帝的话——就是这么

---

[1] 出自威廉·布莱克的《天真的预言》（*Auguries of Innocence*）一诗。

安排的,这样狐狸就可以撕开兔子的肚子,靠吃它的内脏过活,而兔子却什么也感觉不到,完全没有感觉。没有痛苦,也无所谓受苦。"他在一个关于兔子的事实这几个字下画了线。

他母亲尚未透露打算要回自己日记的迹象。可是命运难测。也许他会比他母亲先死,比如过马路时被车撞死。如果是这样,作为交换,她将不得不读到他的想法。

[五]

母亲寄来的文件中最厚的一份与玛丽安·道金斯[1]

---

[1] 玛丽安·道金斯(Marian Dawkins, 1945—),英国动物学家,牛津大学动物行为学教授。

写的《动物为什么重要》(*Why Animals Matter*)一书有关——是一篇书评或书评的草稿。

"书名中的重要一词令人困惑,"他读道,"理论上讲没有什么是重要的。理论上讲,要么大家全都是重要的,要么全都不重要。而道金斯想表达的意思其实是,为什么动物对人类是重要的。

"书里所写的是道金斯的研究中的一个例子,关于动物的思想、人类的思想(动物的问题只是人类思考的众多问题之一,而且必然不是一个生死攸关的问题)。动物有没有真正的思想,她问,像我们这样的思想?我们怎样科学地回答这样一个问题?

"她的回答是:要科学地回答这个问题,首先要科学地提出这个问题。而后者需要我们记录我们意图解释的行为,然后在思想的理性框架内探索可能解释这类行为的一系列假设。

"而我将自己放在道金斯所审判的动物的位置上。你下定决心想要知道我是有理智呢，还是相反，只是一架生物机器，一架由血肉组成的机器？为此，你要让我经受一场由你来规定形式的实验。这将是一场科学实验，特点是理性，有怀疑精神，采用假设检验法等。我被假定是没有理智的，除非我，这一受审的对象，能够证明并非如此（而事实上只有你代表我的利益行事，才有可能证明这一点）。如果你能为我实验期间的行为方式（其实只是你观察到的我的行为方式）提供两个备选的假设方案，在遵循你的科学方法之下，你会选相对简单的那一个。

"我想问的是：在这个性命攸关的问题上，有这么多对我不利的因素，我还有什么希望能让你相信我是有理智的？"

他把写道金斯的文章放到一旁。时间不早了，他也累了，可他的目光却被一份文件吸引，这份文件最上面一页有"达斯顿"的字样，以黑色粗体的大写字母草写而成。

"我不是一个爱动物的人，"他读道，"动物不需要我的爱，我也不需要它们的爱。人类的爱已经足够隐晦了。人类如何选择爱的对象？我一无所知。为何它充满矛盾的谜语？我毫无头绪。可见动物的感情对我们来说就更加难以理解了！不，我对爱没有兴趣，我只关心正义的问题。

"尽管如此，我一直相信我能够在一定程度上接近动物的——我该怎么称呼它？——内在世界。不是接近它们的思想，也不是它们的情感，而是其内在状态的趋向、**心绪**[1]，甚至可能不是相对于'外在'状态的'内在'状态，因为我怀疑对于动物，甚至对于我们而言，心理和躯体都不是彼此独立的。但我始终相信我拥有去往其内在世界的通道，所以对待那些与我有交集的动物，我表现得就好像我拥有这一通道一样。写它们时，我当然也是这样表现的。

"**动物**：这是一个何等混乱的术语！除了都不是人类，蚱蜢和狼有什么共同点呢？狼更像蚱蜢，还是更像我呢？

"正如我所说，我相信我能够接近狼、蚱蜢以及其他野生动物的内在世界。怎么做到的？凭借同情之能力，以我非科学的观点来说，这一能力是我们与生俱来

---

1 原文为德语。

的。我们生来就有这种能力，我更愿称之为灵魂的能力，而非思想的能力。我们可以选择培养这一能力，也可以选择任其枯萎。

"这就要说到观念史学家洛林·达斯顿[1]了。最令我怀疑自己的那个人便是达斯顿。她给像我这样的人——相信自己拥有能透过他人的眼睛去看待世界这一天赋的人——带来了一个历史的框架。

"概括地讲，达斯顿的观点如下：我们人类有能力将自己从自身抽离出来，并富有同情心地将自己投入他者的心灵——她称之为改变视角的能力——而关于这一能力的信念根本不是天生的，也不是普世的，事实上这一信念最初起源于18世纪末的西方，一个在西方哲学

---

[1] 洛林·达斯顿（Lorraine Daston，1951— ），美国历史学家，研究方向为近代欧洲科学史和思想史。

史上似乎是将主观性视为思想之本质的时期，起源于一个在当时被称作道德科学的领域。这一视角的模式既有开端，也会有终结。

"针对达斯顿的这一观点，我的回应是：思想、心理体验的本质当然是主观性。**我思故我在**[1]：我存在是因为我认为我有意识，而不是因为有抽象的思想存在。我思考，而我的思考只属于我，它染上了我的个性、我的主观性，它比思想更深入。还有比这更显而易见的事实吗？

"达斯顿的概念推论令我困惑的地方在于，她将天使引入了论述。她说，正如从前我们认为兽类的精神等级比人类的更低一样，我们也认为神或天使的思想序列

---

1 原文为拉丁语。

比人类的更高。在托马斯·阿奎那的天使学里，天使拥有一种直觉性的智力，能够在一瞬间理解摆在他们面前的，由任意一组前提导致的全部后果。这就像是在说，对天使的思维而言，全部的数学都延展在那不证自明的单一的光亮之中。

"与天使的思维相比，我们人类的智慧在一步步的逻辑推演中跋涉，且常常在半路上误入歧途。即使有其自吹自擂的同情之能力的协助，次等的人类思维又如何能奢求拥有天使的智慧，承受天使的视角呢？

"天使存在吗？谁知道呢？达斯顿提出的观点并不以他们实际存在与否为依据。她是在说，很久以前，有一些像阿奎那这样的人，他们能够设想出其他类型的心灵，而无须假定人类拥有一种将自己投入他者的存在模式之中的同情之能力。

"达斯顿给我带来了什么特别的教训？她让我明白，借助同情、怜悯之能力，我能理解动物的心灵，而这一不假思索的假定却不过是揭示出了这样一个事实：我是自己所处时代的产物，生于特定视角的范式主宰的时期，而我对此太过无知，以至于无法摆脱它。这不失为一个可以引以为戒的教训，如果我选择接受这一论点的话。"

[六]

他不往下读了。这时他这边是凌晨一点，母亲那边是凌晨六点。她很可能还在睡觉。然而，他还是拿起了电话。

他准备了一段讲话："妈妈，谢谢你寄来的这捆文件。我已经读了一大半，我相信我也弄明白了你想让我做什么。你想让我把这些杂乱的断章锤炼成形，以某种方式将它们整合在一起。可是你和我一样清楚，我没有做这类事的天赋。所以告诉我吧，这一切到底是怎么回事？你是不是有什么事不敢跟我讲？我知道现在是大清早，对此我很抱歉，可是请向我敞开心扉吧。是出了什么问题吗？"

长久的沉默。当他母亲终于开口说话时，那声音非常清脆，极为明亮。

"很好，我这就告诉你。我已经不是我自己了，约翰。我出问题了，我的脑子出问题了。我变得很健忘。我无法集中注意力。我看过我的医生了，他想让我去城里做一下检查。所以我已经预约了一位神经科医生。

可是与此同时，以防万一，我也在尝试安排好自己的生活。

"我现在都没法向你描述我的书桌有多乱。寄给你的只是一小部分而已。如果我出了什么事，清洁女工会将它们全都扔进垃圾堆里。那里或许是它们该待的地方。可是在人类虚荣心的驱使下，我坚持认为那里面还是可以提炼一些有价值的东西出来。这样说回答了你的问题吗？"

"那你觉得你出了什么问题呢？"

"我不确定。就像我刚说的，我变得很健忘。我忘了自己。我发现自己站在街上，却不知道自己为什么在那里，也不知道自己是怎么过去的。有时我甚至会忘了自己是谁。那种体验太可怕了。我感觉我正在失去理智，这自然是意料之中的。因为作为物质，大脑是会退化的，而理智并不能脱离大脑，所以它也会退化。总之，发生在我身上的就是这么回事。我无法工作，无法以更宏大的方式去思考。如果你认定你完全无法处理那些文件，没关系，把它们放在一个安全的地方就行了。

"不过既然你都打来电话了，就让我跟你讲讲昨晚发生的事吧。

"电视上放着一档和工厂饲养有关的节目。我通常不看这类节目，可是不知道为什么，我没有关掉电视机。

"这档节目报道的是一家孵化小鸡的工厂——那个地方可以让鸡蛋统一受精，将它们人工孵化出来，并确定其公母。

"程序是这样的：出生后的第二天，当这些小鸡能用自己的双脚站立时，它们会被放到传送带上喂养，传送带会带着它们缓慢地经过工人，而工人的工作就是检查它们的性别。如果检查结果表明你是母的，你就会被转移到一个箱子里，送往产蛋车间，你将作为一只下蛋鸡在那里度过你多产的一生；如果你是公的，就会继续待在传送带上。在传送带的尽头，你会被倒进一条斜槽。斜槽的尽头则是一对齿轮装置，它们会将你碾成糨糊，随后予以化学消毒，将你变成牛饲料或是肥料。

"昨晚的节目里，有一台摄像机跟拍了其中一只小鸡在传送带上前进的过程。*所以这就是生活！* 你可以看见他在自言自语，令人困惑，不过到目前为止还不算太艰难。一双手随后将他提了上去，分开他大腿间的绒毛，再将他重新放到传送带上。*这么多检查！* 他对自己说，*刚刚那一项我好像通过了*。皮带滚滚向前，他勇敢地骑在上面，直面未来以及未来所包含的一切挑战。

"这组画面在我的脑海中挥之不去，约翰。所有那些数以亿计的小鸡来到这个美丽的世界，在我们的恩赐下被允许活上一天，随后就被碾成肉酱，只因为它们生错了性别，因为它们不符合商业规划。

"在很大程度上，我已经不知道自己相信的是什么了。我过去的信念似乎已被我脑中的迷雾和混沌所取代。然而，我仍然坚守着最后一个信念：昨晚屏幕上的那只小鸡出现在我眼前是有原因的，他和其他微不足道的生命在通向各自的向死之路上，与我的路交叉在一起。

"就是为了它们，我才写下那些东西。它们的生命太短暂，太容易被忘掉了。如果不考虑上帝的话，我是整个宇宙中唯一还记得它们的一个。等我走了，它们的生命便只剩下一片空白。它们就好像从未存在过一样。这就是我写它们的原因,这就是我想让你读一下的原因。为了将它们的记忆传递给你。仅此而已。"

图书在版编目（CIP）数据

道德故事集/（南非）J.M.库切著；远子译. -- 成都：四川文艺出版社，2023.12
ISBN 978-7-5411-6720-1

Ⅰ.①道… Ⅱ.①J… ②远… Ⅲ.①短篇小说—小说集—南非—现代 Ⅳ.①I478.45

中国国家版本馆CIP数据核字（2023）第200331号

MORAL TALES by J. M. Coetzee
Moral Tales © J. M. Coetzee, 2017
The Dog © J. M. Coetzee, 2017
Story © J. M. Coetzee, 2014
Vanity © J. M. Coetzee, 2016
As a Woman Grows Older © J. M. Coetzee, 2003, 2017
The Old Woman and the Cats © J. M. Coetzee, 2008, 2013
Lies © J. M. Coetzee, 2011
The Glass Abattoir © J. M. Coetzee, 2016, 2017
By arrangement with Peter Lampack Agency
through Big Apple Agency, Inc., Labuan, Malaysia.
Simplified Chinese edition copyright © 2023
by Beijing Xiron Culture Group Co., Ltd.
All rights reserved.

版权登记号：图进字21-23-239号

DAODE GUSHI JI

道德故事集

［南非］J.M.库切 著 远子 译

出 品 人	谭清洁
特约监制	王传先
责任编辑	李国亮　王梓画
责任校对	段　敏

出版发行	四川文艺出版社（成都市锦江区三色路238号）		
网　　址	www.scwys.com		
电　　话	010-82068999（市场部）　028-86361781（编辑部）		
印　　刷	三河市中晟雅豪印务有限公司		
成品尺寸	787mm×1092mm	开　本	32开
印　　张	5.75	字　数	66千
版　　次	2023年12月第一版	印　次	2023年12月第一次印刷
书　　号	ISBN 978-7-5411-6720-1		
定　　价	56.00元		

版权所有·侵权必究。如有质量问题，请与本公司图书销售中心联系调换。电话：010-82069336